TORSTEN SIEKIERKA

ALLES GUT.

Bibliografische Information der Deutschen National-bibliothek:
Die Deutsche Nationalbibliothek verzeichnet diese Publikation in der Deutschen Nationalbibliografie; detaillierte bibliografische Daten sind im Internet über http://dnb.dnb.de abrufbar.

© 2018 Torsten Siekierka

Herstellung und Verlag: BoD – Books on Demand, Norderstedt

ISBN: 978-3-752862515

FÜR LAVINIA.
DU BIST DER BEWEIS, DASS MAN
REICHTUM NICHT KAUFEN KANN!

.

Rache geglückt! Jule und ihre beste Freundin Inga lächelten sich verschwörerisch zu. Ihr Biologielehrer stand vor der Tafel. In seiner Hand der Brief, den eigentlich Jule lesen sollte.

Mein Zuckerwürfel!
Wenn ich dich sehe, bin ich verzückt vor Liebe. Niemand liebt dich mehr als ich. Du bist die Allerschönste für mich, wenn du lachst und mit deinen zarten Händen durch dein blondes Haar streifst. Du bist der Traum meiner schlaflosen Nächte. Mein Leben ergibt nur mit dir einen Sinn.
Ich liebe dich und weiß, dass du mich tief in deinem Herzen ebenfalls vergötterst.

Herr Seifert biss sich auf die Lippen, um nicht, wie die anderen Schüler, loszulachen. Alle wussten, dass Friedemann in Jule verliebter war, als Ken in Barbie oder Romeo in Julia. Es war auch nicht der erste Brief. Dafür der Schlimmste.
Vielleicht hatte Friedemann es jetzt kapiert, dachte Jule. Jetzt, wo die Klasse über ihn lachte. Sie drehte sich nach links. Zum Verfasser des Briefes. Der hielt seinen Kopf quer und grinste sie verliebt an. Jule verstand, dass Friedemann gar nichts verstand. Der Plan, dass der nächste Brief *zufällig* vom Lehrer, und dann

noch vom Seifert, entdeckt und gelesen wurde, schlug fehl. Jule schlug ihre Hände vors Gesicht.

Friedemann war doch Klassenbester, bekam Heulkrämpfe, wenn ihm ein halber Zähler zur vollen Punktzahl bei Mathearbeiten fehlte, doch das Jule null Interesse an ihm hatte, schien zu hoch für ihn.

«Friedemann! Du schreibst tolle Briefe. Im 18. Jahrhundert hätten dir die Frauen sicher zu Füßen gelegen», sagte der Seifert. Wieder johlte die 8a und Finger zeigten Richtung vorletzte Reihe. Friedemann lächelte noch immer stolz. Auch die Sprüche über seinen bunten Pullover, seine grüne Stoffhose, die den Blick auf weiße Tennissocken freigab und den Schuhen, die auch seinen Opa gekleidet hätten, prallten an ihm ab wie Regentropfen an einer Mauer.

Später lief Herr Seifert durch die Sitzreihen. Er fragte die Schüler zum Thema Zellteilung ab und immer, wenn er Friedemann ansah, schüttelte er den Kopf und fragte sich, was mit diesem Jungen nicht stimmte.

––––––––––––––

Fünf Minuten vor Stundenende knabberte Jule an ihren Fingernägeln. Die Spannung stieg.

Es folgte die Pause, in der alle Schüler erfuhren, welchem Projekt sie zugeteilt wurden. Jeder hatte die Möglichkeit, sich in zwei Kurse für die kommende Woche einzutragen. Jule war dabei nur eines wichtig: Die kommende Woche ohne Friedemann!

Für Friedemann war eine Woche ohne Jule aber so unvorstellbar wie keine Eins in Mathe.

Er konnte natürlich viel besser rechnen, als tanzen. Das hielt den verliebten Jungen aber nicht davon ab, sich als Erstwunsch beim Hip-Hop-Projekt und als Zweitwunsch beim Cheerleadern einzutragen. Beides Jules Wunschprojekte.

Die Schülerin erfuhr aber rechtzeitig davon und traf eine andere Wahl. Für eine Woche ohne Friedemann. Ihre Entscheidung fiel auf den Töpferkurs und als Zweitwunsch wählte sie Basketball.

Jule tippelte die Treppen des Schulhauses hinunter und steuerte die große Infotafel an. Unauffällig warf sie einen Blick nach hinten und konnte den ausgelösten Würgereiz nur mit Mühe unterdrücken. Friedemann lief hinter ihr und warf Jule einen Kussmund zu.

«Jo, jo, jo! Geil, Alter!».

Die Jungs aus ihrer Klasse sprangen wie Kängurus vor der großen Infotafel umher. Damit wusste Jule, dass die ihr Fußballprojekt bekamen. Und sie dachte, dass es doch unfair wäre, wenn nicht auch sie und Friedemann jeweils ihr Wunschprojekt bekämen.

Die Jungs sprangen weiter vor dem Glaskasten herum. Jule hatte Schwierigkeiten, die Teilnehmerliste des Töpferprojektes zu finden.

«Hallo,...könntet ihr vielleicht...». Ihre Worte verhallten im Nichts. Die Jungen tanzten und hüpften wild umher und klopften sich johlend auf die Schultern. Jule schlug mit ihrer flachen Hand gegen den Schirm von Finns Baseballcap, weil der rücksichtslos gegen sie sprang.

Finn! Mit dem ist Jule mal gegangen. Bis der sich in Inga verknallte.

Finn! Das komplette Gegenteil von Friedemann.

Finn war genauso beliebt wie durchgeknallt. Weswegen sein «Jo, Jo, Jo, Jo, Jo, Fußballprojekt, Al-ter!» Jule lediglich ein müdes Lächeln abrang. Dazu versuchte der Junge wie ein Hip-Hopper zu tanzen. Sah für Jule aber aus, als täte ihm was weh.

Schließlich schob sie sich an ihrem Ex vorbei und fand die Liste mit den Teilnehmern des Töpferprojektes. Jule arbeitete schon oft mit Ton und fand es eigentlich langweilig. Egal! Hauptsache eine Woche kein Friede-mann. Und sie hätte nach der Projektwoche ein Ge-schenk für ihre Tante, die sie in den Sommerferien besuchen wollte.

Ihre Augen sprangen von Zeile zu Zeile die Teilneh-merliste runter und wieder rauf. Ihren Namen suchte sie vergebens.

Na gut, dann halt Basketball, tröstete sie sich.

Kann man ja mal ausprobieren.

Doch auch auf der Liste des Basketballprojektes war ihr Name nicht zu finden. Dann klatschte ihr Kopf gegen die Glasscheibe der Infotafel, weil ihr jemand in den Rücken sprang. Jule drehte sich fluchend um. Wieder Finn! Wieder bekam der es nicht mit und raufte sich weiter mit den anderen Jungs.

Wo sollte sie jetzt noch schauen? Beim Cheerleading? Sie ging die Liste Name für Name durch. Als 16. wurde Friedemann genannt. Der im rosa Ballettröckchen – Jule schüttelte den Kopf. Dann stand Inga neben ihr. Auch sie hatte sich durch den Pulk der raufenden Jungs kämpfen müssen, um zu erfahren, welches Projekt sie abbekam.

«Wie siehts aus?», fragte sie Jule.

«Kann mich nicht finden!» Jule lehnte sich mit dem Rücken gegen das Glas. Wie gerne hätte sie sich jetzt auf den Boden gleiten lassen. Wenn die Jungs neben ihr nicht getobt hätten. Was ist, wenn die Lehrer vergaßen, sie einem Projekt zuzuteilen?

Müsste sie dann zum Yoga?

Oder zur Entdeckung der Fauna und Flora zwischen Berlin und der Ostsee? Das klang so spannend wie Schach und Halma.

Yoga und die Fauna und Flora zwischen Berlin und der Ostsee waren die einzigen Projekte mit freien Plätzen, weil die kein Schüler wählte. «Das kann doch nicht sein, dass die uns vergessen haben.»

«Warte!

Ich hab uns gefunden!

Oh mein Gott!»

Inga las ihren und den Namen ihrer besten Freundin im Projekt von Herrn Seifert.

Fauna und Flora entdecken zwischen Berlin und der Ostsee.

«Krasse Scheiße!»

«Was ist?»

«Wir fahren ins Gemüse.» Jule drehte sich zurück zur Tafel und starrte ebenfalls auf die Projektliste vom Seifert.

Herr Seifert genoss den Ruf des fiesen Lehrers. Er blamierte die Schüler gerne, wenn er sie beim Spicken erwischte oder wenn jemand Mathehausaufgaben im Biologieunterricht abschrieb. Aber die Mädchen waren nicht die Einzigen in der Schule, die den Seifert auch genauso cool fanden, weil er für viele Späße zu haben war. Im Biologieunterricht behandelten sie mal den menschlichen Körper und zu welchen Extremen der in der Lage ist. Als Beispiel nahm der Seifert eine große Suppenkelle und schob sie in seinen Mund. Die Schüler hielten sich die Bäuche vor Lachen. Seit dem trägt er den Spitznamen *Breitmaulfrosch*. Trotzdem: Die Entdeckung der Fauna und Flora zwischen Berlin und der Ostsee interessant zu gestalten, trauten Inga und Jule ihm nicht zu.

Inga kündigte an, am Montag krank zu sein. Sie wird Husten und Schnupfen haben. Von ihrer Freundin erntete sie dafür einen ungläubigen Blick. Jule starrte wieder auf die Aushänge. Viele andere Projekte waren so voll, dass nicht einmal der Erst- oder der Zweitwunsch berücksichtigt werden konnte. Wie jedes Jahr. Trotzdem wollte sie es wenigstens versuchen, einem anderen Projekt zugeteilt zu werden.

«Das kann nur ein Missverständnis sein. Lass uns zur Schulze gehen. Der werde ich was erzählen!» Noch bevor Inga Einwände erheben konnte, trabte Jule bereits Richtung Lehrerzimmer. Inga hatte Schwierigkeiten, ihr zu folgen. Dann griff sie nach Jules Arm und zwang sie zum Stehenbleiben.

«Die wird nichts tun. Du kennst die doch. Hallo? Die Schulze! Der wird das egal sein. Der ist doch alles egal.»

Jule stieß einen Seufzer aus. Sie wusste, Inga hatte Recht. Selbstverständlich kannte sie die Giftzwergen-Schulze. Seit wann durften so fiese Schlangen eigentlich Klassenlehrer sein? Und warum ausgerechnet von der 8a? Für die Schulze war es das Größte, Schüler kleinzumachen.

«Inga! Fauna und Flora zwischen Berlin und der Ostsee! Nein, das geht gar nicht! Ich freue mich seit Monaten darauf, eine Woche mal keinen langweiligen Unterricht zu haben, eine Woche lang keinen Friedemann und keine Schulze zu sehen und dafür sollen wir in die Pampa fahren?»

«Und du denkst, dass die Schulze das ändert? Du glaubst noch an den Weihnachtsmann, oder?»

«Hast du eine bessere Idee?»

«Wir sind nächste Woche krank. Hab ich ja vorhin schon gesagt. Ich werde Husten und Schnupfen haben. Und vielleicht Magen-Darm.»

«Nein, da macht mein Vater nicht mit. Wenn ich dem das erzähle, wird der mich am Montag persönlich in die Schule bringen.»

Inga hob ihren Kopf und ließ ihre Pupillen nach oben wandern. Das machte sie immer, wenn sie nachdachte.

«Ich habs! Wir gehen zum Seifert und sagen, dass wir nicht an seinem Projekt teilnehmen wollen!»

«Dann lass uns das erst mit der Schulze versuchen. Wenn das nichts bringt, können wir immer noch zum Seifert gehen.»

Mit einem flauen Gefühl im Magen schlichen die Mädchen weiter Richtung Lehrerzimmer. Unzählige Schüler bevölkerten den großen Korridor im Erdgeschoss. Jule und Inga bargen sich den Weg durch ein Durcheinander an Stimmen, bis sie vor dem braunen, gepolsterten Überzug standen, der die Lehrerzimmertür schmückte. Diesen gepolsterten Überzug kannte Jule von früher. Wenn sie mit ihrem Vater zum Arzt musste. Dort war die Praxistür auch mit solch einer Polsterung gekleidet. Das schützte die Ärztin vor der Lautstärke im Wartezimmer. In der Schule schützte es die Lehrer vor dem Klopfen an der Tür. Denn das vernahmen die Lehrer nicht im Lehrerzimmer. Jule und Inga mussten also warten, bis irgendeine Lehrkraft die Tür öffnete.

Von weitem nahmen sie dann den braunen Lockenkopf von Frau Schulze wahr. Mit ihren storchenähnlichen Beinen näherte sie sich schnellen Schrittes dem Lehrerzimmer.

«Los! Jetzt oder nie», meinte Jule. Inga zögerte.

«Frau Schulze, wir müssen sie unbedingt wegen der Projektwoche sprechen...» Weiter kamen die Mädchen nicht, denn ihre Klassenlehrerin lief an den Mädchen vorbei, und während sie durch die Tür des Lehrerzimmers huschte, vernahmen sie lediglich ein «Habe Pause. Stehe nicht zur Verfügung!»

Jule schaute Inga an, doch ehe Inga sich damit brüstete, Recht gehabt zu haben, ertönte hinter ihnen ein Räuspern. Herr Seifert!
Die Mädchen kannten diese Art von ihm. Diese Art, auf sich aufmerksam zu machen. Mal räusperte er sich, ein anderes Mal stand er einfach so lange da, bis man ihn bemerkte und man sich fragen musste, wie lange er da schon stand. Auch hatte er keine Hemmungen, wie aus dem Nichts aufzutauchen und für einen derart großen Schrecken zu sorgen, dass man Minuten später noch zitterte und sich die Frage gefallen lassen musste, weshalb man denn plötzlich so blass wäre. Bei dem Seifert konnte man nie wissen, was als Nächstes kam.
Doch die Mädchen ergriffen ihre Chance!
Sie beichteten ihrem Biologielehrer, dass sie kein Interesse an seinem Projekt hatten.
Der antwortete lächelnd: «Überhaupt kein Problem. Wenn ihr wollt, bringe ich euch in der Cheerleadergruppe unter. Ich kenne da übrigens jemanden, der sich ausgesprochen freuen würde!»

Drei Stunden später öffnete sich die Fahrstuhltür.

In Jules Nase stieg Pizzaduft.

Ein klares Zeichen!

Ihr Vater war zu Hause und die Pizza bereits im Ofen.

Pizza! Jules Wunschessen für heute.

Ihr Vater und sie wechselten sich immer mit ihrem Essenswunsch ab. An einem Tag gab es seine Leibspeise, am nächsten Tag ihr Lieblingsessen. Und niemand durfte sich beschweren. Was Jule bei überbackenem Brokkoli oder Dinkelburger schwerfiel. Doch heute vermiesten ihr die Gedanken an die Projektwoche den Appetit.

Jule kramte den Schlüssel aus ihrem Rucksack, da öffnete sich bereits die Wohnungstür. Mit gesenktem Kopf marschierte Jule an den offenen Armen ihres Vaters vorbei.

«Hey, alles in Ordnung bei dir?»

«Bei mir ist immer alles in allerbester Ordnung. Besonders wegen der Fauna und Flora zwischen Berlin und der Ostsee. Gibt es was Interessanteres? Nie im Leben! Endlich lerne ich in der Schule mal was Richtiges. Wird doch mal Zeit nach fast acht Jahren, oder? Vergiss Mathe, vergiss Deutsch. Was ist schon der Genitiv oder Wurzelrechnung im Gegensatz zur Fauna und Flora zwischen Berlin und der Ostsee?»

«Aber das meinst du jetzt schon ironisch, oder?»

«Ach was! Wie kommst du denn darauf? Übrigens, ich bin am Montag krank.»

«Haha, der war gut! Aber jetzt mal Klartext. Was ist passiert?»

Jule warf erst ihren Rucksack in die Ecke, bevor ihre Schuhe eine Flugshow durchs Wohnzimmer veranstalteten.

«Sage mal, gehts noch? Was kommt als Nächstes? Möchtest du unsere Möbel aus dem Fenster schmeißen?»

Jule ließ sich aufs Sofa fallen. Sie raufte sich ihre blonden Haare und atmete mehrere Male unüberhörbar ein und aus.

«Ich werde mal die Pizza vorm Verbrennen retten. Wenn du reden magst, ich bin in der Küche.»

Statt zu reden, blieb Jule noch eine Zeit lang auf dem Sofa liegen und dachte an Montag und die Frage, wie unfair die Welt sein konnte. Warum bekommt ausgerechnet sie ein Projekt, was weder ihrem Erst- noch ihrem Zweitwunsch entsprach? Alle anderen aus ihrer Klasse haben auch eins ihrer Wunschprojekte bekommen. Abgesehen von Inga.

Später, vor Jule lag eine duftende Thunfischpizza, erzählte sie von ihrem Frust aus der Schule. Manchmal nickte der Vater oder schüttelte den Kopf. Jule redete und redete. Sie sprach sich ihren Kummer von der Seele.

«Ich glaub, jetzt bin ich fertig!»

«Cool! Darf ich was dazu sagen?»

«Wenn du willst!»

«Ich kann dich absolut verstehen. Ich würde mich an deiner Stelle auch ungerecht behandelt fühlen. Du solltest aber niemals davon ausgehen, dass man dir alle Wünsche erfüllen kann.

Du möchtest in ein Projekt mit Inga.

Wunsch erfüllt!

Du möchtest in kein Projekt mit diesem Typen, deren Namen du mir verboten hast auszusprechen.

Wunsch erfüllt!

Du bist in keinem Projekt mit dem Drachen.

Wunsch erfüllt!»

Mit dem Drachen meinte Jules Vater Frau Schulze. Er kam einmal vom Elternabend und fragte, was das für ein Drache war, der da vorne am Lehrertisch saß.

«Nun hast du zwar nicht dein Projekt bekommen, aber wenn du mal ganz tief in dich gehst, welchen erfüllten Wunsch würdest du opfern, um entweder Basketball zu spielen oder zu töpfern?»

Jule kratzte sich am Kopf. «Schwierig!»

«Klar ist das schwierig. Aber nehme die Situation doch ruhig so an. Es liegt an dir, das Beste daraus zu machen. Außerdem entkommst du am Dienstag und am Donnerstag meinen Kochkünsten.» Beide lachten. «Und mit dem Seifert kommst du doch gut klar.»

«Naja, abgesehen davon, dass der ein Verhältnis mit der Schulze haben soll, ist der schon okay.»

Jules Vater kannte dieses Gerücht. Es ärgerte ihn. In aller Deutlichkeit ließ er seine Tochter wissen, dass sowas niemals in der Schule herumposaunt werden darf. Das kann eine Menge Ärger mit sich bringen. Für Herrn Seifert. Aber auch für Jule.

———————————

Das Wochenende plätscherte vor sich hin und Jule arrangierte sich mehr und mehr mit dem Gedanken, ab Montag für fünf Tage durch die Pampa zu ziehen.
Am Samstag ging sie mit ihrem Vater shoppen, um das Nötigste für die kommende Woche einzukaufen. Sie standen an der Kasse von einem dieser übergroßen Gemischtwarenkaufhäuser. Als der Betrag an der Kasse erschien, warf Jules Vater ihr einen erschrockenen Blick zu.
«Ja, also,... das Nötigste», stotterte Jule und lächelte verlegen.

Am Abend trudelte eine E-Mail von Herrn Seifert ein.
Liebe Eltern!
Ihr Kind nimmt ab kommenden Montag an dem Projekt «Flora und Fauna zwischen Berlin und der Ostsee» teil. Wir treffen uns um 09.00 Uhr vor dem Bahnhofsgebäude in Bernau unter der großen Bahnhofsuhr. Bitte geben Sie Ihrem Kind einen Schlafsack, eine Isomatte, ein Zelt und etwas Taschengeld mit. Bitte vergessen Sie nicht die Dinge für den persönlichen Bedarf. Die Schüler und ich werden vom Bahnhof Bernau Richtung Ostsee laufen und dabei jede Menge Spaß haben.

Für Rückfragen stehe ich Ihnen unter meiner Handy-
nummer zur Verfügung, (0155/454545).
Mit freundlichen Grüßen
Frank Seifert

Am Sonntag chattete Jule pausenlos mit Inga. Sie schmiedeten Pläne, wie sie die Woche gemeinsam durchhalten könnten. Nur ging Inga jedes Mal der Frage aus dem Weg, wo und wann sich beide am Montag treffen wollten. Eigentlich war Inga diejenige, die alles durchplante und lieber heute als morgen Absprachen traf. Diesmal aber nicht.

Jule riss die Augen auf. Musik dröhnte durch die Wohnung. Dieses Wecken kannte sie von ihrem Vater. Lustig fand sie das nur die ersten Male. Inzwischen nervte es. Weiterschlafen war unmöglich. Sie schälte sich aus ihrem Bett, flüchtete ins Bad und der Knall der Badezimmertür übertönte für einen kurzen Moment die Musik.
Jules Gedanken kreisten um Inga. Sobald sie das Bad wieder verließ, wollte sie ihrer besten Freundin nochmal schreiben und fragen, wo sie sich heute treffen wollten. Die Vorstellung, mit der S-Bahn alleine bis nach Bernau zu fahren, fand Jule langweilig.
Die Lautstärke der Musik hatte deutlich abgenommen. Jules Vater begrüßte seine Tochter mit einem Lächeln.

«Guten Morgen! Frühstück ist fertig!»

«Kannst du diese Musiknummer nicht mal lassen? Das ist ätzend.»

«Ach komm, als ich dich früher mit einem Kuss weckte, hast du dich auch beschwert. Und mit der Musiknummer stehst du bedeutend schneller auf.»

Jule suchte ihr Mobiltelefon, schaltete es an und haute eine Nachricht für Inga in die Tasten. Vergebens wartete sie auf eine Antwort.

«Soll ich dich nach Bernau bringen?»

«Nein, lass ruhig. Ich fahre mit Inga.» Doch Jule wusste nicht einmal, ob Inga überhaupt kommen würde.

Auf dem Weg zur S-Bahn riss Jule der Geduldsfaden. Nachdem auch die dritte Nachricht unbeantwortet blieb, rief sie Inga an. Doch das Einzige, was sie vernahm, war die Mailbox.

«Hey, melde dich doch mal! Ich laufe jetzt zur S-Bahn. Möchte nicht zu spät kommen. Ciao!»

Kaum gingen hinter Jule die S-Bahntüren zu, stellte sie ihren großen, grünen Rucksack ab und griff erneut nach ihrem Handy.

Wieder nichts!

Während der Fahrt an den nordöstlichen Rand von Berlin folgten weitere Versuche. Inga versetzte sie doch nicht?

Das würde sie nicht tun. Oder doch?

In Bernau angekommen, schlich Jule aus der S-Bahn. In ihrem Kopf veranstalteten viel zu viele Gedanken eine unübersichtliche Party. Was, wenn Inga etwas passiert ist? Vielleicht verunglückten ihre Eltern. Doch dann hätte sie ihr Bescheid gegeben. Oder würde sie doch von Inga versetzt? Und wieso wich ihre beste Freundin gestern ständig der Frage aus, wo sie sich treffen wollten?

Jule verließ das Bahnhofsgebäude. Links von ihr thronte die riesige Bahnhofsuhr. Der Treffpunkt! Ein ihr bekanntes Gesicht suchte sie vergebens. Allerdings waren auch noch zehn Minuten Zeit.
Das Mädchen legte ihr Gepäck unter die Bahnhofsuhr und nutzte es als Sitzgelegenheit. Ihre Augen wechselten ständig zwischen Bahnhofseingang und ihrem Handydisplay. Dann folgte ein Geistesblitz. Sie rief bei Inga zu Hause auf dem Festnetztelefon an. Sie durchforstete ihre Kontaktliste und fand die Nummer. Es tutete mehrere Male. Niemand ging ran. Das flaue Gefühl, was ihr Magen sendete, wurde von Übelkeit abgelöst. Plötzlich ertönte hinter dem Mädchen eine unbekannte Stimme.
«Hallo Kleines. Wo solls denn hingehen?» Jule drehte sich um. Vor ihr stand ein hagerer, ungepflegt wirkender Mann, der eine verdreckte Jeansjacke trug. Er lächelte dreckig. Jule bekam es mit der Angst zu tun! In ihrem Kopf die Worte ihres Vaters:
Angst schützt uns vor gefährlichen Situationen. Sie darf uns aber nur Warnung sein. Darf uns nie aufhalten.

*Und manchmal ist es wichtig, seine Angst in Wut um-
zupacken und sie rauszulassen!*

Genau das tat Jule jetzt.
Sie schnellte froschartig nach oben und schrie: «Ver-
piss dich du Drecksack. Los! Sonst rufe ich die Poli-
zei.» Jule nahm ihre ganze Angst, ging langsam, aber
stampfend und mit großen Schritten auf den Mann zu.
«Verpiss dich! Hörst du? Verpiss dich! Ich rufe die
Polizei!» Der Mann schaute irritiert, legte den Rück-
wärtsgang ein, drehte sich um und verschwand.
Jules Körper zitterte. Dabei war es nicht mal kalt. Ihre
Knie drohten nachzugeben. Sie setzte sich auf ihren
großen Reiserucksack und vergewisserte sich, dass der
Mann auch wirklich weg war. Sie lehnte sich gegen den
Mast der Bahnhofsuhr. Ihr hektisches Atmen wurde
ruhiger. Sie holte tief Luft und atmete langsam wieder
aus. Wenn Inga dabei gewesen wäre, hätte dieser Typ
sie bestimmt nicht angesprochen. Umso schlimmer,
wenn Inga sie tatsächlich versetzt hätte.

Vor ein paar Monaten war Jule noch mit Finn zusammen. Bis Inga und er sich ineinander verliebten. Was
auch nur eine Woche hielt. Sie war nicht böse auf Inga.
Nur auf Finn. Als Inga ihre Hausarbeiten abschrieb,
dabei erwischt wurde und beide eine Verwarnung und
eine Sechs bekamen, verzieh sie ihr ebenfalls. Aber das
hier heute wäre zu viel für Jule.
Plötzlich standen weinrote Schuhe neben ihr. Die kannte sie. Diese Schuhe, die aussahen wie Bowlingschuhe.

Dazu die karierte Hose. Ihr Kopf ragte weiter nach oben. Die Sonne blendete. Trotzdem erkannte sie den Seifert. Der lächelte und schielte unbemerkt zu Jule hinunter. Er wartete, bis das Mädchen ihn ansprach.

Sie stand auf und reichte ihm zur Begrüßung die Hand. Eigentlich ungewöhnlich zwischen einer Schülerin und einem Lehrer, sich die Hand zu geben. Noch ungewöhnlicher war, dass der Seifert auf seine klebrigen Hände hinwies, weil er eben noch etwas vom Bäcker aß und seine Arme zur Begrüßung ausstreckte. Jule konnte es sich nicht erklären, aber sie fühlte sich auf einmal viel besser.

«Das ist so cool, dass Sie da sind!»

«Das ist aber nett. Gebe ich dir gerne zurück.»

Dann berichtete der Lehrer von drei Krankmeldungen und von Ingas Mutter, die ihre Tochter ebenfalls entschuldigte.

Jule presste ihre Zähne aufeinander. Sie zitterte wieder. Diesmal vor Wut. Nur wohin mit dieser Wut?

«Ich habe mit der Direktorin gesprochen. Wir werden keine selbstgeschriebenen Krankmeldungen akzeptieren. Das geht bei einer ganzen Woche sowieso nicht. Die Freude wird riesig sein, auf dem Endjahreszeugnis fünf unentschuldigte Fehltage zu haben!» Herr Seifert lächelte fies und auch in Jule stieg Schadenfreude auf. Das war das Mindeste, was sie ihrer jetzt ehemaligen besten Freundin gönnte.

Sie griff nach ihrem Handy und versuchte, Inga noch einmal anzurufen. Wieder sprang die Mailbox an. Wie gerne hätte Jule ihr ihre Meinung raufgesprochen, doch sie nahm sich zusammen und legte wieder auf. Schließlich konnte sie dies später noch tun. Wenn sie sich in Ruhe etwas zurechtgelegt hatte.

«Wer kommt denn jetzt überhaupt noch?»

«Es sind auch einige Lehrer krank und die Schüler aus den jeweiligen Projekten wurden aufgeteilt. Ich weiß nur, dass wir noch auf drei Schüler warten, die bereit waren, kurzfristig mitzukommen. Sie wurden nach Hause geschickt, um ihre Sachen zu packen. Lassen wir uns überraschen. Ich hoffe, dass es nicht zu lange dauert.»

Jule ließ sich auf ihren Rucksack fallen und streckte ihre Beine aus. Sie stellte sich auf eine sehr lange Wartezeit ein.

Herr Seifert lud Jule in die Bahnhofsbäckerei ein. Dort ließen sich beide einen Zupfkuchen schmecken. Der Lehrer drehte sich plötzlich zur Tür. Eine unbekannte Stimme ertönte.

«Ach! Da!»

Ein kleiner, dicker Mann zeigte mit dem Finger in ihre Richtung. Dann verschwand er wieder. Jule und ihr Lehrer beschäftigten sich weiter mit ihrem Kuchen. Da ertönte erneut:

«Da! Schau!»

Der kleine, dicke Mann zeigte erneut auf die Beiden, zog dann einen schmächtigen Lockenkopf in engen

Jeans und Shirt am Arm herbei und schob ihn Richtung Tisch.

«Ach, Linus! Herzlich Willkommen!»

Jule traute ihren Augen nicht.

Linus aus der 7b!

Auch der Rest Hoffnung, dass die nächsten Tage doch interessant werden könnten, verschwand. Linus war in der ganzen Schule bekannt, denn egal, was man zu ihm sagte, er antwortete immer mit «Alles gut!» Bei ihm war immer «Alles gut». Egal, ob man nach seinem Namen fragte, nach der Lösung für eine Matheaufgabe oder wie alt er war, es war «Alles gut!»

Jule sah Linus letztes Jahr zum ersten Mal. Seine Haare standen im Wind, dazu dieser leicht bräunliche Teint. Er trug damals eine enge schwarze Hose und ein lila Ripp-Shirt. Im Gegensatz zu den meisten Jungs wirkte er schüchtern und nicht so protzig. Manche behaupteten aber, das läge daran, dass er sich nicht für Mädchen, sondern für Jungs interessierte. Was Jule egal gewesen wäre. Aber diese «Alles gut»-Macke nervte sie.

Jule räumte das Tablett vom Tisch und Herr Seifert hörte sich vom Vater an, dass Linus ein besonderes Kind wäre, er viel Zuspruch benötigt, es bitte nicht zu viele Süßigkeiten geben und der Lehrer bitte darauf achten sollte, dass Linus nicht ausgeschlossen wird. Inzwischen standen die Zeiger der Bahnhofsuhr auf 10.00 Uhr.

«Wie lange müssen wir noch warten?» Das hätte der Lehrer selber gerne gewusst. Er schaute zu Linus, der mit den Achseln zuckte und scheinbar darauf wartete, loszugehen.

«Linus, du kannst deinen Rucksack ruhig nochmal abstellen. Es dauert noch ein paar Minuten», meinte Herr Seifert.

«Alles gut», erwiderte der Junge und behielt seinen Rucksack auf den Schultern.

Der Minutenzeiger drehte sich eine halbe Umdrehung weiter. Herr Seifert kramte sein Handy aus dem Rucksack und rief in der Schule an. Mit dem gleichen Ergebnis, wie Jules Anrufversuche bei Inga. Jule spürte, wie auch Herr Seiferts Anspannung zunahm. Sollte er weiter warten?

Und wenn ja, auf wen?

Er warf seine Arme in die Luft. Man hätte den Eindruck bekommen können, dass er beim lieben Gott Rat suchte.

«Okay, noch 20 Minuten. Dann gehen wir los!»

Da Jule Linus Antwort bereits erahnte, riefen beide im Chor:

«Alles gut!»

Jule spazierte, etwas abseits von Linus und Herrn Seifert, allein auf dem Bahnhofsvorplatz herum. Sie konnte und wollte nicht wahrhaben, allein mit ihrem Lehrer und Mr. «Alles gut» fünf gemeinsame Tage zu verbringen. Ihr blieb aber keine Wahl. Sie wusste, dass sie ihren Vater enttäuschte, wenn sie kniff. Einzig die Hoffnung, dass noch ein Mädchen kam, lebte weiter.

Plötzlich zuckte sie zusammen. Direkt vor ihrem Gesicht tauchte ein Mann auf. Er trug eine Brille, die so groß wirkte, dass vier Leute hätten durchschauen können. Dazu ein Anzug, der mehr Fusseln aufwies, als sein Träger Haare auf dem Kopf hatte.

«Guten Tag, schöne Maid!» Der Mann starrte direkt auf Jules Oberweite. Sie drehte sich weg und begab sich schnellen Schrittes zurück zu Linus und Herrn Seifert. Der Mann folgte ihr.

«Sagen Sie mal, bringen Sie Ihren Schülern gar keine Manieren bei?» Jule und der Seifert schauten sich fragend an. Einen Moment später trat auch Friedemann aus der Bahnhofshalle und begab sich zur Gruppe.

«Man schaut erwachsene Menschen an, wenn die mit einem reden!», rief der Alte. Jule erschrak. Friedemann lief auf sie zu. Er trug wieder diese Schuhe, die eher alte Menschen kleideten. Seine grüne Hose gab den Blick auf weiße Tennissocken frei. Dazu trug er ein Jeanshemd.

«Schau mich an, ungezogenes Ding!» Der Mann raunte Jule weiter an. «Übers Knie legen sollte man dich.» Jule fehlten die Worte. Die vielen Gedanken in ihrem Kopf tanzten Boogie-Woogie.

«Ja, Ja, das mit dem übers Knie legen übernehme ich später. Jetzt lassen sie das Mädchen mal in Ruhe.»

«Was fällt Ihnen ein, so mit mir zu sprechen?»

«Darüber muss ich erst nachdenken», erwiderte der Lehrer.

«Ich danke Ihnen vielmals fürs Bringen, Herr Gerlach.» Friedemann hieß Gerlach mit Nachnamen. Der Lehrer fragte sich, ob es sich bei dem Mann um den Vater von Friedemann handelte. Doch warum siezte er ihn dann?

«Das ist unerhört. Ich fordere, dass Sie Abbitte leisten für dieses ungehobelte Betragen. Sonst nehme ich meinen Zögling sofort wieder mit heim.» Jetzt wusste der Seifert, dass es sich bei dem Mann um Friedemanns Vater handelte.

«Ja, ja! Entschuldigung und Verzeihung. Jetzt muss ich aber mal telefonieren.»

Der Lehrer stellte sich abseits der Gruppe und rief ein weiteres Mal in der Schule an, während Friedemanns Vater Jule aufforderte, seinem Sohn mehr Respekt entgegenzubringen. Schließlich wäre er der einzige wohlerzogene junge Mann in der Schule. Jule schwieg. Ihr Mund fühlte sich trocken an. Sie hatte das Gefühl, weil ihr Lehrer nicht in ihrer Nähe war, dass ihre Knie jeden Moment nachgeben. Sie dachte daran zurück, als der Mann auf ihre Oberweite starrte. So gerne hätte sie ihm ihre Meinung darüber ins Gesicht gepfeffert. Ihre Angst fühlte sich aber mächtiger an als ihre Wut.

Herr Seifert kam zurück und verkündete, dass die letzte verbliebene Schülerin nicht mehr kommt und sie jetzt losgehen werden.

«Das wird Folgen haben, rüpelhaftes Ding.»

«Dafür haben wir jetzt leider keine Zeit mehr. Tut mir leid. Auf Wiedersehen Herr Gerlach!»

Mit diesen Worten schwang der Lehrer seinen großen orange-schwarzen Reiserucksack auf seine Schultern. Jule tat es ihm nach.
Dann machten sich alle vier auf, die Fauna und Flora zwischen Berlin und der Ostsee zu entdecken.

———————————

Herr Seifert lief mit den Schülern an den altehrwürdigen Bernauer Stadtmauern entlang und Jule hegte keine Zweifel, dass die schlimmsten fünf Tage ihres Lebens bevorstanden. Schließlich war sie mit ihrem Biolehrer in der Einöde Brandenburgs unterwegs. Dazu Linus, für den immer alles gut war. Und, womit es nicht mehr schlimmer kommen konnte, Friedemann.

Hinter dem Ortsausgangsschild blieb der Lehrer stehen.
«Friedemann, wo ist dein Rucksack?»
«Rucksack? Was für ein Rucksack?»
«Deinen Rucksack mit Wechselwäsche, Isomatte, Schlafsack?!»
«Meinen sie Bettwäsche? Ich dachte, die kriegen wir in den Hotels.» Das überhörte der Lehrer.
«Hast du einen Rucksack? Vielleicht hast du ihn am Bahnhof stehen gelassen?»
«Ich habe keinen Rucksack.»
Linus schlich zu Friedemann, legte die linke Hand auf dessen rechte Schulter und sagte: «Alles gut!»

«So würde ich das nicht sagen», erwiderte Herr Seifert, während Jule sich fassungslos vom Gewicht ihres Gepäcks hinunter ins Gras ziehen ließ.

«Oh man, was machen wir jetzt? Hast du eine Telefonnummer? Ach nein...schon gut.» Herrn Seifert fiel ein, dass es nicht nur einmal Gesprächsthema im Lehrerzimmer war, dass Friedemanns Eltern weder ein Telefon, noch einen Computer besaßen. Er stellte sich vor, wie die Kollegen reagieren, wenn sie erfahren, dass Friedemann seinen Vater siezte.

Friedemann lächelte Jule an, winkte ihr zu.

Das Mädchen winkte und lächelte übertrieben zurück. Der Junge konnte sein Glück nicht fassen und saß plötzlich neben Jule. Nicht einmal erklären, dass ihr Winken ironisch gemeint war, konnte sie. Sah stattdessen hilfesuchend zu Herrn Seifert. Der machte dicke Backen und setzte sich ebenfalls ins Gras. Nur Linus stand noch. Mit seinem Rucksack auf dem Rücken.

Der Seifert forderte Linus in einem verzweifelten Tonfall auf, seinen Rucksack abzustellen. Er wollte eine Pause einlegen und schauen, wie es weitergeht.

«Alles gut!» Nun schlug der Lehrer die Hände über sein Gesicht. Jule starrte in die Wolken.

―――――――――

Herr Seifert unterrichtete Jules Klasse seit zwei Jahren. Sie wusste, dass er gereizt reagierte, wenn man seinen

Unterricht, seine Experimente oder seine Projekte in ein schlechtes Licht rückte. Trotzdem versuchte sie, ihn zur Umkehr zu überreden, schließlich schafft man es sowieso nicht, zu Fuß in fünf Tagen zur Ostsee zu laufen. Doch Herr Seifert wiegelte ab und ging direkt zum Gegenangriff über.

«Also Friedemann, für die Woche werden wir dir unterwegs ein paar Klamotten kaufen. Da finden wir schon was. Und nachts schläfst du bei Jule mit im Zelt.»

«Was? Hallo? Was soll das? Wieso bei mir?» Herr Seifert lächelte Jule provokant an. Nur Linus meinte, dass alles gut sei.

«Alles gut? Ich kann es nicht mehr hören. Gar nichts ist hier gut. Ehe ich mit einem von euch in einem Zelt schlafe, penne ich lieber bei den Wildschweinen.»

Kurze Zeit später trotteten Linus und Friedemann hinter ihrem Biologielehrer her. Dem war klar, dass sein Projekt schon jetzt kurz vorm Scheitern stand. Was er unbedingt verhindern wollte.

Er plante für den ersten Tag, mehr als 20 km zu wandern. Inzwischen wusste er, dass dieses Ziel heute nicht mehr zu erreichen war.

Im Gegenteil! Es galt nur noch, mit den Schülern die zwölf Kilometer bis Biesenthal zurückzulegen. Wo es für Friedemann auch die nötigen Sachen zu kaufen geben sollte.

Die Gruppe erreichte das Örtchen Lobetal. Jules Magen war so leer, wie ihr Rucksack voll war. Für Linus war alles gut, nur Friedemann blieb hinter der Gruppe zurück. Er zupfte Blumen vom Straßenrand, die sich kurz darauf zwischen seinen Zähnen befanden. Jule traute ihren Augen nicht.

«Es wäre zu schön, wenn du an diesem Grünzeug krepierst, aber bitte nicht, wenn ich dabei bin.» Friedemann warf Jule erst einen fragenden Blick zu, dann zupfte er erneut die Blumen mit den gelben Punkten in der Mitte ab, aus denen kleine weiße Blüten ragten, und hielt es Jule als Blumenstrauß hin.

«Hier! Für den Traum meiner schlaflosen Nächte. Probier mal! Ist gesund!» Jule kratzte sich ungläubig an der Stirn. Jemand legte sachte eine Hand auf ihre Schulter.

«Ja, Linus. Ich weiß. Alles gut!» Doch Jule irrte. Es war nicht die Hand von Linus, die auf ihrer Schulter lag. Es war die Hand vom Seifert.

«Beruhig dich! Mach dir keine Sorgen um deinen Friedemann!» Dann beugte auch er sich hinunter und tat es Jules Verehrer nach.

«Toll! Ich wollte schon immer mal wissen, wie Knopfkraut schmeckt. Das ist irre gesund. Viel eisenhaltiger als Spinat. Dazu Eiweiß, Magnesium, Calcium. Was da alles drin ist. Und so etwas wird als Unkraut bezeichnet.»

Jule hätte gerne an den Worten ihres Lehrers gezweifelt. Wenn er es Friedemann nicht nachgemacht hätte.

Dann hielt auch er Jule eine Blume hin, doch die lehnte ab.

«Also, auf dem Weg zur Ostsee haben wir bereits gelernt, dass hier Knopfkraut wächst und man das essen kann. Man muss nur die Augen danach offenhalten. Wir werden also unterwegs niemals verhungern.»

«Nein, verhungern nicht. Aber austrocknen. Wegen Durchfall. Wetten?»

Im gleichen Augenblick entrinn Linus unüberhörbar Wind aus dem Gesäß. Jule hielt sich die Nase zu. Friedemann und Herr Seifert konnten sich einen Lachanfall nicht verkneifen. Der Seifert hielt sich sogar den Bauch vor Lachen. Er hatte Schwierigkeiten, das Gleichgewicht zu halten.

«Echt geil! Tolles Projekt! Ich bin ja sowas von begeistert. Der Lehrer liegt vor Lachen halb auf der Wiese, der andere Typ frisst Blumen, wo wahrscheinlich vorher schon Hunde raufpissten und Mister *Alles Gut* furzt dermaßen, dass die Kühe hier neidisch werden. Wirklich! Ganz tolles Projekt! Schade, dass es am Freitag schon wieder vorbei ist. Ich bin jetzt schon traurig!»

Herr Seifert stellte sofort das Lachen ein und warf Jule einen bösen Blick zu. Jule wurde klar, dass sie es mit ihrem Gemecker übertrieben hatte.

Friedemann, Linus und Herr Seifert liefen vorneweg. Jule trottete frustriert hinterher. So gerne wäre sie umgekehrt.

Vor ihren Vordermännern tauchte ein Waldstück auf. Herr Seifert blieb mit den Jungs stehen und zeigte mit den Händen in verschiedene Richtungen. Jule nutzte die Chance, hielt ebenfalls an, kramte ihr Handy aus der Tasche und ließ den Zeigefinger ihrer rechten Hand über die Tastatur tanzen.

Hy Papa, kannst du mich bitte abholen? Es ist die Hölle. Ich halte das keine Minute länger aus. Bitte!

Dann schloss sie zu den anderen auf. Sie hörte noch die letzten Worte des Vortrags über Kiefernwälder, ehe sich alle gemeinsam auf den Weg machten, die Schorfheide zu durchqueren.

Kurze Zeit später endete der Wald. Die Gruppe lief auf einem schmalen Weg weiter. Neben einer Hauptverkehrsstraße.

«Los, kommt! Da vorne liegt Biesenthal! Den Rest schaffen wir jetzt auch noch.» Friedemann lächelte erleichtert. Dann ertönte eine Melodie, die Friedemann und Jule nicht kannten. Linus tanzte zum Takt des Klingeltons. Herr Seifert ahmte dessen Bewegungen nach. Gemeinsam groovten sie den Weg entlang, während der Lehrer sein Handy aus der Hosentasche pulte.

«Ja? Seifert?» Jules Vater rief an. Der Lehrer hustete. Mit langsamen Schritten entfernte er sich von den Schülern. Sein Kopf wippte auf und ab. Immer wieder! Er drehte sich zur Gruppe und machte mit einer ausufernden Armbewegung deutlich, dass die Schüler ihm folgen sollten.

Kurz darauf verschwand das Handy wieder in der Hosentasche. Herr Seifert wartete, bis Friedemann und Linus zu ihm aufschlossen. Jule trottete weiter hinterher. Ihr Lehrer gesellte sich später neben sie und knuffte ihr in die Seite. Beide lachten. Immer wieder rempelte der Seifert die Schülerin leicht an, boxte sie zärtlich, bis Friedemanns kreischende Stimme ertönte.

«Juuuhhhhuuu, Juuuhhhuuu! Ich bin zuerst in Biesenthal!» Die Schülerin pustete kräftig durch und strich sich durch ihre Haare. Das erste Etappenziel war erreicht.

In der Biesenthaler Ortsmitte saßen alle vier auf einer runden Bank. In deren Mitte stand ein Baum. In den Händen hielt jeder einen Döner, der den Hunger stillen sollte.

«Euch ist schon klar, dass wir vorhin zu spät gestartet und viel zu langsam gelaufen sind?», warf der Lehrer in die Runde.

«Alles gut», meinte Linus schmatzend.

«Nein, es ist eben nicht alles gut. Ich habe nicht eingeplant, hier zu übernachten. Jetzt müssen wir irgendwie eine Möglichkeit finden, wo wir kampieren können.»

«Krass! Wie chillig das hier ist. Richtig unheimlich. Kaum Menschen hier», stellte Jule nach einem Rundum-Blick fest.

«Und das an einem Montagnachmittag. Bei schönstem Sonnenschein. Ihr wisst, was das heißt. Hier einen Schlafplatz zu finden, ist unwahrscheinlicher, als wenn du und Friedemann heute noch ein Paar werden. Der Lehrer grinste Jule provokant an. Das Mädchen tat, als hätte sie die Stichelei überhört. Doch Friedemanns Mund stand soweit offen, man hätte in Ruhe seine Zähne zählen können.

«Es gibt also eine kleine Chance, dass du dich heute noch in mich verlieben wirst?» Jule schüttelte energisch den Kopf. «Eher schlafen wir heute Nacht auf dem Mond!» Herr Seifert stichelte weiter: «Theoretisch wäre das irgendwann bestimmt möglich!»

Jule hatte jetzt genug. Sie holte zum Gegenschlag aus.

«Es ist theoretisch auch möglich, dass Herr Seifert und Frau Schulze irgendwann heiraten werden.»

Der Lehrer zeigte sich wenig überrascht und schmunzelte. «Das Gerücht kenne ich. Aber wie kommt ihr überhaupt darauf?» Jetzt ergriff Friedemann das Wort. «Also, sie wurden einst gemeinsam in einem Einkaufscenter gesichtet und verhielten sich wie zwei Turteltäubchen, was noch stark untertrieben ist! Gerüchten zufolge haben sie sogar Händchen gehalten.» Friedemann betonte dies, als würde es sich dabei um ein Verbrechen handeln und der Seifert nun vor Gericht stehen.

«Achso! Wir treffen uns privat, laufen Händchen haltend durch ein Einkaufscenter und dann denken alle, wir sind ein Paar? Okay! Wenn du also mit Jule das nächste Mal händchenhaltend im Einkaufscenter gesehen wirst...obwohl,... doofes Beispiel.»

Friedemann schaute seinen Lehrer gebannt an. Für ihn käme es einer wilden Hochzeitsnacht gleich, nur ein einziges Mal Jules Hand zu halten. Das wurde dann auch dem Seifert bewusst.

Jule saß währenddessen mit verschränkten Armen auf der Bank. Sie überlegte, wie sie erneut auf die Kommentare ihres Lehrers reagieren konnte.

«Denkt Frau Schulze eigentlich genauso?»

Der Lehrer ließ sich nicht aus der Reserve locken. «Klar!» Dann setzte er selber noch einen drauf. «Auch für ihren Mann ist das total in Ordnung. Er und ich verstehen uns übrigens auch sehr gut.»

«Krass!» Typisch Lehrer! Wobei es schon allein krass ist, dass die Schulze einen Mann hat. So, wie die drauf ist!»

«Jule, Frau Schulze ist eine sehr reizende, liebenswerte Person!» Das Mädchen prustete und Friedemann stellte fest, dass Herr Seifert verliebter war als er selbst. Dieser bejahte das, schloss eine Liebesbeziehung mit Frau Schulze aber gleichzeitig aus.

«Sondern?» Jule wollte es jetzt genau wissen!

«Kennt ihr nicht!»

«Egal, wir wollen Namen!» Der Biolehrer schaute Jule einen Moment lang mit einem leichten Grinsen an.

«Erik!»

Friedemann schrie schrill, tat so, als fiele er in Ohnmacht und sein Kopf und der Baum hinter ihm lernten sich auf schmerzhafte Weise kennen.

Linus strahlte Herrn Seifert an. «Alles gut, Linus», antwortete der.

«Cool», stellte Jule fest.

«Was soll daran cool sein?»

«Ach, nichts weiter!»

Der erste Tag marschierte unaufhaltsam Richtung Abend. Der Lehrer konnte mit den Schülern nicht noch länger auf der Bank sitzen bleiben. Sie benötigten einen Schlafplatz und für Friedemann außerdem eine komplette Ausstattung.

So setzten sich Linus, Herr Seifert und Jule ihr Gepäck auf den Rücken. Friedemann trabte hinterher.

«Warte! Warte!» Friedemann rannte zu seiner Angebeteten und zog so fest an ihrem Rucksack, dass diese ins Stolpern kam und nach hinten fiel. Wenn Blicke töten könnten, wäre Friedemann durch Jules Blick auf der Stelle tot umgefallen.

«Mein Purzelchen, ich weiß, wo wir heute Nacht schlafen können.»

«Ich werde mit dir nirgendwo schlafen», gab das Mädchen barsch zurück, während Linus und der Lehrer ihr wieder auf die Beine halfen.

«Trotz der Gefahr, dass er dich wieder zu Boden reißt, sollten wir ihn ausreden lassen!»

Jule hielt das für keine gute Idee, aber Herr Seifert bestand darauf.

«Wiiiiiir! Schlafeeeen! Iiiiiin! Eineeeeer!» Jule wusste, warum sie es ablehnte, Friedemann zu Wort kommen zu lassen. Er plusterte sich auf. Er zog eine Show ab, als hätte er die Lösung gefunden, wie er die Welt retten konnte.

«Kiiircheeee!»

Der Lehrer klatschte vor Begeisterung in die Hände. Jule schaute skeptisch. Immerhin handelte es sich um eine Idee von Friedemann. In ihrer Klasse war es undenkbar, Friedemanns Ideen, ohne zu hinterfragen, anzunehmen. Dem Mädchen blieb aber nichts anderes übrig. Sie musste sich den anderen anschließen. Sie wollte erneuten Ärger mit ihrem Lehrer unbedingt verhindern.

Zum evangelischen Pfarrhaus war es nicht weit und der Weg gut ausgeschildert. Friedemann marschierte voran. Am Ziel angekommen klopfte er selbstsicher an die Tür. Dabei strich er mit der anderen Hand über seine Haare. So, als wolle er sich noch einmal in Schale schmeißen, bevor er die Gruppe mit der Umsetzung seiner Idee vor dem sicheren Kältetod bewahrte. Dass dieser, Ende Juni und mehr als 30 Grad Außentemperatur, ausgeschlossen werden konnte, tat dabei nichts zur Sache.

Noch einmal klopfte er an die Tür. Dann trat Jule vor. Friedemann sprang erschrocken zur Seite. Die Schülerin donnerte mit beiden Fäusten minutenlang gegen den Hauseingang und schrie:

«Aufmachen! Hallo? Aufmachen! Hören Sie? Hallo?! Aufmachen! Wir sind müde! Wir suchen einen Schlafplatz! Hallo? Wir wissen, dass sie da drin sind!»

Der Lehrer zog Jule zur Seite und meinte, dass niemand die Tür öffnen wird. Selbst wenn jemand im Pfarrhaus sei, hätte sie die Person so erschrocken, dass diese eher die Polizei ruft, als die Tür zu öffnen.

«Mich hat man wenigstens gehört, im Gegensatz zu diesem Bubi!» Friedemann zog entrüstet seine Unterarme hoch, präsentierte seinen Bizeps, um Jules Bezeichnung für ihn zu wiederlegen. Es gelang ihm nur bedingt.

Herr Seifert wusste, dass es im Ort noch eine katholische Kirche gab. Er hatte aber wenig Lust, noch einmal zu scheitern. Er ordnete an, Biesenthal Richtung Norden zu verlassen und wild auf einer Wiese die Zelte aufzubauen. Die Uhr zeigte, dass der Abend sich weiter näherte und in der Dunkelheit Zelte aufzubauen, würde schwierig werden. Auch das Besorgen der nötigen Dinge für Friedemann musste aufgeschoben werden.

———————————

Die Gruppe erreichte die erwartete Wiese nach einer Stunde. Die bestand jedoch aus dicht an dicht stehenden Bäumen. Dazu Moos, viel Holz und anderen Dingen, die man in Wäldern findet.
Der Lehrer und die Schüler legten ihr Gepäck auf einer kleinen Lichtung ab. Auf dieser sollten die Zelte aufgebaut werden. Plötzlich hielten sich Herr Seifert und Jule die Ohren zu. Linus kippte zur Seite. Friedemann sang:

Und wieder blühet die Linde
Am Quell umrauschten Gestein,
Mit Vogelsang, Lust und Liedern
Zieht wieder der Frühling ein.
Ti-ral-la-la, Ti-ral-la-la,

Der Lehrer und das Mädchen schauten einander an und verstanden sich ohne Worte. Sie sprangen auf und liefen schnellen Schrittes in das Dickicht des Waldes. Friedemann bat, dass die beiden doch auf ihn warten sollten. Linus blieb allein zurück.

Jule hatte große Mühe, ihren Verehrer auf Abstand zu halten. Mal steckte eine Beere zwischen seinen Zähnen, die Jule mit ihrem Mund herausfischen sollte, dann versteckte sich Friedemann hinter einem Busch, damit Jule ihn, auf der Suche nach Früchten, zufällig berührte. Ein anderes Mal bildete sich Friedemann ein, eine Biene zu sein.

«Sum, sum, ich bin deine Biene und du meine rote Rose. Komm und lass dich von mir befruchten!» Dazu flatterte Friedemann wie ein Vogel mit seinen Armen. Herr Seifert wusste nicht, ob er über Friedemanns Anbiederungsversuche herzhaft lachen oder erschrocken sein sollte.

In der Abenddämmerung kehrten alle drei zu den Zelten zurück.

Sie hätten sich auch direkt schlafen legen können.

Alle Zelte ragten aufgebaut Richtung Himmel. Keines stand quer oder wackelte. Kein noch so starker Sturm hätte sie umpusten können.

Jule rief nach Linus, doch eine Antwort blieb aus. Auch Herr Seifert rief Linus Namen. Friedemann war überzeugt, dass Linus einer Horde Wildschweinen zum Opfer fiel. Tränenüberströmt drückte er seine Knie in den Boden und ließ Linus Namen durch den Wald hallen. Plötzlich zog jemand den Reißverschluss eines Zeltes nach unten. Linus rieb sich die Augen und streckte verwundert seinen Kopf aus dem Zelt.

Bevor alle in die Schlafsäcke krochen, bat der Lehrer, sich noch einmal im Zelt von Jule zu versammeln.
«Wieso ausgerechnet in meinem?», fragte Jule verärgert.
«Weil du das Schönste hast», konterte ihr Lehrer.

Es folgte ein Vortrag zum großen Gebiet der Schorfheide, in der sich die Gruppe noch immer befand, und zu den hier beheimateten Tieren und Pflanzenarten. Herr Seifert redete und Linus legte seinen Kopf in den Schoss von Jule. Die warf ihrem Lehrer einen verwunderten Blick zu. Der zuckte lächelnd die Schultern und wendete sich wieder seinem Vortrag zu. Jule sah Friedemanns geschockten Blick und nahm diesen zum Anlass, zusätzlich ihre Hand auf Linus Kopf zu legen. Friedemann wirkte, als würde man ihm das Herz rausreißen.
Jule sagte: «Du bist voll süß, wenn du nicht gerade einen fahren lässt.» Das nahm Linus nicht mehr wahr. Seine Augen waren bereits geschlossen. Sein Atem

ging gleichmäßig. Dafür nahm es Friedemann umso mehr wahr, der theatralisch erst in Tränen aus- und dann gänzlich zusammenbrach.

«Bist du bitte mal leise? Du siehst doch, dass da jemand schläft», bat sein Lehrer forsch.

Unter Tränen verließ Friedemann das Zelt. Dann kam er wieder rein. Er hatte ja kein Eigenes. Wo sollte er schlafen? Der Gedanke, Friedemann mit in seinem Zelt schlafen zu lassen, stieß beim Seifert auf wenig Begeisterung.

«Er kann doch in Linus Zelt pennen. Linus schläft dann bei mir.»

«Niemals!», schrie Friedemann. Dabei reckte er seine Faust in die Luft und schlug damit gegen die Zeltdecke.

«Die Idee ist gut. Ich möchte Linus nicht mehr wecken und rübertragen kommt nicht in Frage. Also machen wir das so!»

Friedemann gehorchte. Wenn auch unfreiwillig.

Er verließ erneut das Zelt, begab sich in Linus Campingvorrichtung und drohte, für die anderen unüberhörbar, Linus Zelt mit seiner Tränenflüssigkeit unter Wasser zu setzen. Wenig später begab sich auch Herr Seifert in sein Schlafgemach. Doch während Linus weiter ungestört schlief, machten die anderen beiden kein Auge zu. Herr Seifert warf einen Blick auf die Uhr. Nicht mehr lange bis Mitternacht. Er forderte Friedemann auf, endlich ruhig zu sein, was dieser mit einem noch lauteren Aufheulen kommentierte. Auch Jule hatte genug.

«Ey, ich komm gleich rüber!», rief sie gereizt. Dann war es kurz still.

«Das würdest du tun? Du möchtest also bei mir schlafen?»

Das Mädchen war fassungslos. Ohne weiteren Kommentar vergrub sie sich in ihrem Schlafsack.

«Oh, mein Kuschelbärchen, ich habe dir Platz gemacht, du kannst kommen! Dann busseln wir gemeinsam und wärmen gegenseitig unsere Körper.»

«Friedemann! Wenn ich vor Sonnenaufgang noch irgendwas von dir höre, schläfst du bei den Wildschweinen!» Auf Herrn Seiferts Drohung folgte augenblicklich Stille. Doch hätte er gewusst, was er mit seinen Worten anrichtete, hätte er sich seine Drohung wohl nochmal überlegt.

Die Sonne ist noch nicht aufgegangen. Das Tageslicht gewann langsam die Oberhand gegenüber der Dunkelheit. Es raschelte im Wald. Tiere rannten weg. Linus schaute Jule an. Herr Seifert saß Haare raufend in seinem Zelt. Friedemann schrie schrill und hörte nicht mehr auf. In dem einen Zelt presste man sich ein Kissen über den Kopf, im anderen suchte man seine karierte Hose, streifte sich das blau-gelbe Shirt über und begab sich mit Wut im Bauch zum Nachbarzelt. Bevor der Lehrer sich an dem Verschluss des Zeltes zu schaffen machte, erkundigte er sich, was los war. Für ihn kamen nur zwei Dinge in Frage. Entweder klemmte sich Friedemann irgendein Körperteil im Reißverschluss von Linus Schlafsack ein oder, und dann hätte Herr Seifert die Schreie nachvollziehen können, Friedemann träumte von seinem Vater.

«Da! Da! Ich habe es genau gehört!» Dann wieder Schreie.

«Friedemann, was hast du gehört? Und höre endlich auf zu schreien, du weckst die Wildschweine!» Schreie hallten nun durch den ganzen Wald. Der Lehrer öffnete das Zelt. In diesem Moment stellte Friedemann das Schreien ein. Er lag in der hintersten Ecke des Zeltes und bibberte vor Angst.

«Ich würde gerne weiterschlafen. Wir haben einen anstrengenden Tag vor uns. Also, was ist los? Ansonsten rufe ich deinen Vater an und lasse dich abholen. Dann siehst du Jule bis nächsten Montag nicht.» Dass Friedemann kein Telefon zu Hause hatte, vergaß der Lehrer in diesem Moment. Genauso wie Jule.

«Herr Seifert, geben sie mir die Nummer, ich rufe an», ertönte es aus ihrem Zelt. Doch für Friedemann war Herr Seiferts Drohung Warnung genug. Er erzählte von Wildschweingrunzen. Und das nahe am Zelt. Jetzt fiel dem Seifert sein Satz vom gestrigen Abend ein. Und der, den er vor ein paar Minuten brachte. Er wusste, dass es hier Wildschweine gab, also fiel es ihm schwer, beruhigende Worte zu finden.

«Okay, Wildschweine sind scheu. Wenn wir sie nicht angreifen, dann bleiben sie uns fern. Schreie gelten übrigens auch als Angriff.» Herr Seifert legte den Zeigefinger auf seine Lippen, um Friedemann klar zu machen, dass er ruhig zu sein hat. Friedemann tat es ihm nach. Dabei nickte er mit aufgerissenen Augen, man hätte ein Zweieuro-Stück zwischen seine Lider stecken können.

Kaum wieder auf den Füßen stehend sah der Lehrer, keine 200 Meter entfernt, ein graues Borstentier durch den Wald flitzen. Damit wusste er, was zu tun war. Möglichst leise und zügig die Sachen zusammenpacken und weg. Der Dienstag konnte nur noch besser werden.

Am gestrigen Abend fand Jule Gefallen an Linus Nähe. Drum harkte sie sich auch an diesem Morgen bei ihm ein. Für Friedemann eine unerträgliche Situation. Eine Horde Wildschweine trampelte über seine Gefühle. Winselnd lief er hinter den anderen her. Dabei heulte er immer wieder auf und klang wie ein verlassenes Hundebaby.

Der Lehrer störte sich an Jules Verhalten und machte daraus kein Geheimnis.

«Du nutzt Linus aus, um Friedemann auflaufen zu lassen. Ich hätte mehr Niveau von dir erwartet!» Friedemann nickte zu den Worten seines Lehrers und zog dabei einen Schmollmund.

«Alles gut», meinte Linus, der Jules Nähe genoss und deswegen über das ganze Gesicht strahlte. Endlich war da wieder jemand, der ihn mochte. Das Gefühl, akzep-

tiert zu werden, durfte Linus lange nicht mehr genie-
ßen. Das wusste nur niemand.

Jule löste sich aus Linus Arm und blieb, wegen dem
Spruch von Herrn Seifert, mit verschränkten Armen
stehen. Der beachtete das Mädchen nicht weiter und
machte sich auf, die Autobahnbrücke zu überqueren,
die das eine Waldgebiet mit dem anderen verband. Die
Schüler blieben zurück.

«Du, wehe du schmeißt dich noch einmal an mein
Gummibärchen ran. Dann wirst du den wahren Friedemann kennenlernen!»

«Alles gut», erwiderte Linus, der, trotz der erhobenen
Faust von Friedemann, die Ruhe bewahrte.

«Ich bin nicht dein Gummibärchen!
Ich mag dich nicht einmal!
Ich hasse dich! Und jetzt verpiss dich!»

Linus tröstete Jule. Friedemann konnte seine Tränenflüssigkeit nicht zurückhalten. Er fragte, wie sie ihm
das nur antun könne. Sie sei schließlich seine herzaller-
liebste Zuckerschote und sie liebe ihn doch auch. Dem
war sich Friedemann sicher. Jule präsentierte als Antwort lediglich ihren Mittelfinger und harkte sich wieder
bei Linus ein. Gemeinsam gingen sie an dem weinen-
den Friedemann vorbei. Dabei klopfte Jules Begleiter
Friedemann tröstend auf die Schulter. «Alles gut!»

Linus und Jule machten sich auf, ihren Lehrer einzuholen. Mitten auf der Autobahnbrücke blieb das Mädchen
dann stehen. «Du kannst schon vor zum Seifert gehen.

Ich suche noch kurz was.» Sie stellte ihren Rucksack ab und suchte ihr Handy.

Minutenlang durchwühlte Jule ihr Gepäck. Da ertönte hinter ihr Friedemanns Stimme.

«Mein samtweiches Hasenpfötchen, du hast extra auf mich gewartet, um mir zu sagen, wie sehr du mich doch liebst, nicht wahr? Und wie sehr es dir leid tut.» Friedemann erwischte seine Angebetete mit dieser Frage auf dem falschen Fuß. Ihre gesamte Wut und ihre Verzweiflung darüber, dass ihr Smartphone nicht mehr auffindbar war, lud sie jetzt auf Friedemann ab.

«Wenn du es wagst, mich noch einmal anzusprechen, werde ich dich den Wildschweinen zum Fraß vorwerfen. Und dann wirst du merken, was für ein schnulziger Schleimer du bist, wenn dich nicht mal die Wildschweine fressen wollen.» Friedemanns Augen waren wieder weit aufgerissen. Sein Atem stockte. Wie ferngesteuert drückte er sich verängstigt an das Brückengitter, schob sich an Jule vorbei und folgte Linus und dem Lehrer.

Was sollte Jule jetzt tun?

Zurück zur Lichtung und ihr Handy suchen?

Der Gruppe folgen?

Ihr Handy war wichtig, um Kontakt zu ihrem Vater zu halten, aber allein würde sie aus dem Wald nicht wieder raus und den Weg nach Berlin sowieso nicht finden.

Sie durchsuchte noch einmal sämtliche Taschen.

Vergebens!

Sie dachte an Linus. Er wird bestimmt ein Handy dabei haben. Mit diesem Trost begann das Mädchen, ihre Projektteilnehmer einzuholen.

Der Wald wirkte endlos. Obwohl die Bäume Schatten spendeten, klebte Jules Shirt an ihrem Körper, als wäre sie die letzten Kilometer gesprintet. Ihre Jeans rieb an ihren Beinen. Sie hatte kein Smartphone, kein Wasser mehr und von den anderen Projektteilnehmern war nichts zu sehen. Sie wusste, dass eine Umkehr keinen Sinn mehr machte. Darum lief sie weiter den asphaltierten Weg entlang, der durch den Wald führte. Sie sagte sich immer wieder, dass dieser Weg schon irgendwann aus dem Wald hinausführen musste.

Friedemann trabte durch den Wald. Schnell wollte er Linus über- und Herrn Seifert einholen. Linus verrichtete, einige Meter vom Weg entfernt, sein Geschäft, während Friedemann, für sich unbemerkt, an Linus vorbeizog. So erreichte er zuerst Herrn Seifert.
Der wartete an der großen Hauptstraße, die an dieser Stelle fehl am Platz wirkte. Auf der gegenüberliegenden Seite zog der Wald weiter seine Kreise. So, als würde der Wald die Straße, die ihn teilte, gänzlich missachten.

Friedemann ließ Herrn Seifert ohne Unterlass wissen, wie sehr er sich um die zurückgebliebene Jule sorgte. Der Lehrer verdrehte bereits die Augen. Für Friedemann stand fest: Er wartet auf Jule! Egal, wie lange!

«Friedemann, wenn Jule mitbekommt, dass du auf sie wartest, wird sie keinen Schritt weiter gehen.» Der Junge wirkte kurz beleidigt.

«Warum bist du eigentlich in sie verliebt? Sie beschimpft dich, hackt andauernd auf dir herum. Man könnte glatt den Eindruck bekommen, dass sie dich nicht mag.»

«Wissen Sie, ich merke sehr wohl, wenn jemand etwas anderes sagt, als er fühlt. Jule liebt mich. Das weiß jeder. Nur Sie wissen ja, wie Mädchen sind. Obwohl,…vielleicht auch nicht.» Friedemann erinnerte sich düster, dass Herr Seiferts Interesse eher Männern statt Frauen galt.

«In unserem Alter tun sie sich noch schwer, zu ihren Gefühlen zu stehen. Es ist kein Geheimnis, dass wir später heiraten werden. Und sie mir viele kleine Friedemänner schenken wird.»

Der Lehrer schaute Friedemann ungläubig an. In diesem Moment nahmen beide entfernte Schritte wahr und drehten sich um.

Linus!

Während Friedemann dessen Ankunft mit einem «Ach, nur du!» kommentierte, stellte der Lehrer erschrocken fest, dass Linus allein erschien. Ging er doch davon aus, dass Jule bei ihm war. Friedemann nutzte das direkt aus, um seinem Widersacher ein schlechtes Gewissen einzureden.

«Ein unschuldiges Mädchen allein im Wald lassen. Was du doch für ein rücksichtsloser Flegel bist. Du hast Jule nicht verdient.» Linus schaute irritiert zum Seifert.

«Liebelein, ich rette dich aus dem dunklen Wald. Warte, mein mit Diamanten bestückter Kronjuwel.» Der Lehrer griff Friedemann am Arm, um ihn daran zu hindern, zurück in den Wald zu laufen.

«Lassen Sie mich! Ich muss die Mutter meiner zukünftigen Kinder retten, weil dieser Banause sie im Wald aussetzte. Linus schüttelte ungläubig den Kopf. Er wusste, dass eigentlich Friedemann der Letzte war, der Jule sah. Also hat er Jule zurückgelassen. Und Linus wusste auch, dass Friedemann an ihm vorbeihetzte, während er sein Geschäft verrichte. So kam Friedemann vor ihm an. Nur behielt er dies für sich, weil er jedem Ärger aus dem Weg gehen wollte.

Friedemann befreite sich aus dem Griff seines Lehrers, trat an Linus heran, beschimpfte ihn als Flegel, ehe vor Linus Schuhen ein zähflüssiger Spuckeklumpen landete. Bevor einer der drei dazu etwas sagen konnte, drehten sie sich schlagartig um. Im Dickicht des Waldes sorgte ein Reh für unüberhörbares Rascheln der Blätter.

«Ah, ein Reh! Hilfe, ein riesiges Reh ist hinter uns her. Hilfe!» Das Tier rannte vor Schreck in die eine, Friedemann in die andere Richtung, über die Hauptstraße. Dort sorgte er für quietschende Reifen eines roten Polos und wurde dann vom gegenüberliegenden Wald verschluckt.

«Oh man!» Der Lehrer strich mit seiner linken Hand durch seine Haare. «Es macht keinen Sinn zu warten. Jule wird den Rückweg angetreten haben. Schade!» Enttäuscht überquerte Herr Seifert die Hauptstraße. Linus folgte ihm.

Die beiden liefen aber nicht, wie Friedemann, in das benachbarte Waldstück hinein, sondern blieben auf dem Gehweg, der links am Wald vorbeiführte. Am Horizont sahen sie eine große Brücke mit einem weißen Geländer.

———————————

Jule erreichte die Hauptstraße. Sie ließ ihren Rucksack vom Rücken gleiten. Ihre von den Trägern rotgescheuerten Schultern schrien nach Entlastung. Sie ließ sich auf ihren Rucksack plumpsen, streifte erst mit ihren Fingern durch ihre blonden, verschwitzten Haare und begrub dann ihr Gesicht in ihren Händen. Sie fühlte sich schlapp. Sie wusste nicht, in welche Richtung es weiterging. Ihre Klamotten waren vom Schweiß durchnässt wie eh und je. Sie war dreckig, hatte Hunger und der Wunsch nach etwas Flüssigkeit konnte größer nicht sein. Wie gerne wäre sie jetzt zu Hause. Bei ihrem Vater. Nicht mal anrufen konnte sie ihn. Wie gerne würde sie jetzt seine Dinkelburger verschlingen. Ohne Protest! Würde so gerne von viel zu lauter Musik geweckt werden, statt allein hier im Wald zu hocken und nicht zu wissen, wie es weitergeht.

Doch sie musste weitergehen.

Sie musste die anderen einholen. Es gab keine andere Möglichkeit. Die sengende Hitze raubte dem Mädchen die letzte Kraft.

Die Zeit verging und Mücken saugten sich an Jule satt. Seit sie die Straße erreichte, drehte sich der Minutenzeiger einmal im Kreis. Sie stand auf, ging zur Straße und schaute nach links, nach rechts und geradeaus, wo der Wald vorhin Friedemann verschluckte. Das Einzige, was sie sah, war der näherkommende Traktor. Das Mädchen beschloss, die Straße zu überqueren und geradeaus durch das nächste Waldgebiet zu laufen. Sie konnte sich nicht vorstellen, dass Herr Seifert beim Thema Fauna und Flora die Straße entlang ging, wenn es einen Waldweg gab.

Sie ging zurück zu ihren Sachen und schnappte ihr Gepäck. Die Tragegurte ihres Rucksacks sorgten auf ihren wundgescheuerten Schultern für einen brennenden Schmerz. Das Mädchen biss auf die Zähne.

Vollbepackt lief sie zur Straße. Sie schaute dem Traktor entgegen, der sich ihr in langsamem Tempo näherte. Erst überlegte sie, ob sie vor oder nach dem Traktor die Straße passieren sollte. Dann wusste sie nicht, ob sie lachen oder weinen sollte. Auf dem Beifahrersitz des

Treckers stand Friedemann breitbeinig und mit erhobenem Kopf in der Luft, als wäre er eine heldenhafte Statur. Der Fahrer neben ihm brachte das Gefährt vor Jule zum Stehen.

«Mein Zuckertäubchen! Dein Retter sendet dir dieses Gefährt. Steige auf und fühle dich von deinem zukünftigen Gemahl gerettet.»

Jule lächelte. Sie freute sich, Friedemann zu sehen. Mehr, als sie sich über seine erneuten Anbiederungen ärgerte. Neben ihm saß ein dicklicher Mann mit rundem, roten Kopf und Schnauzbart. Gekleidet mit einer blauen Latzhose. Die Träger und der Latz der Hose bedeckten den sonst nackten, behaarten Oberkörper. Jule rannte nach hinten. Auf dem Heuwagen saßen Linus und der Seifert. Sie erinnerte sich nicht daran, jemals so viel Freude empfunden zu haben, wenn sie einen Lehrer sah. Linus sprang hinunter und nahm Jule mit den Worten «Alles gut» in seine Arme.

«Nicht! Ich stinke total!»

«Alles gut!»

«Das tun wir alle! Fällt also gar nicht auf», scherzte der Lehrer.

«Möchtest du deinem Retter nicht mit einem Kuss danken?» Noch ehe Friedemann sich zu Jule hinunterbeugen konnte, steckte er sich seine Finger der linken Hand in den Mund.

«Oh! Warte! Da kleben noch die Reste von meinem Salamibrot zwischen den Zähnen.»

Angeekelt verzog Jule ihr Gesicht. Sie reichte dem Seifert ihre Hand, damit er ihr beim Erklimmen des Heuwagens half. Er zog sie ein Stück hoch, gab Jule dann aber das Gefühl, wieder hinunterzufallen, indem er seine Kraft verlagerte, was die Schülerin mit einem kurzen Schrei quittierte. Dann kletterte auch Linus zurück auf den Wagen und nach einem gewagten Wendemanöver nahm das Gespann Kurs Richtung Joachimsthal.

Während der Anhänger mit den Schülern und dem Seifert durch die Schorfheide gezogen wurde, berichtete der Seifert von seinem Vorhaben, heute noch 30 Kilometer bis Joachimsthal zu laufen. Die verlorene Zeit von gestern galt es aufzuholen. Linus nahm dies regungslos hin, weil er die Wahrheit kannte. Jule lächelte ironisch.

«Ja, super! Heute noch 30 Kilometer laufen! Dann können Sie mich direkt in diesem Joachimsthal einbuddeln.»

Linus streichelte Jule über den Arm. «Alles gut!»

«Was Linus sagen wollte: Dietmar, der Treckerfahrer, fährt uns bis nach Joachimsthal. Diesmal ist also wirklich alles gut.»

Doch der Lehrer irrte!

Plötzlich dröhnten von der Zugmaschine komische Geräusche. Linus, der Lehrer und Jule glaubten nicht,

was sie sahen und hörten. Auf dem Bock des Treckers saßen Friedemann und der Fahrer nebeneinander. Sie schunkelten hin und her, sangen lauthals in einer unausstehlichen Tonlage:
Zwischen Berg und tiefem, tiefem Tal
Saßen einst zwei Hasen,
fraßen ab das grüne, grüne Gras,
fraßen ab das grüne, grüne Gras
bis auf den Rasen.

«Krass! Friedemann hat einen Freund gefunden!?»
Der Lehrer verkniff sich wegen Jules Kommentar das Lachen .

Das Gespann überquerte den Finowkanal an der Grafenbrücker Schleuse. Jules schloss die Augen. Ihr Oberkörper wog gleichmäßig auf und ab. Linus lag neben ihr. Er schaute den wenigen Wolken beim Vorbeiziehen zu. Eine war geformt wie ein Schwert, eine andere wie ein Herz.
Linus konnte sich nicht erinnern, in den letzten Jahren jemanden wie Jule kennengelernt zu haben. Jemand, der so nett zu ihm war. Es waren Schläge und Hänseleien, die an seiner letzten Schule täglich auf ihn niederregneten. Und alles nur, weil er sich so gab, wie er sich fühlte. Nach der 6. Klasse kam er aufs Gymna-

sium. Dort kannte ihn niemand. Und Linus schwor, nie wieder so zu sein, wie er wirklich war.

Nie mehr Gefühle zeigen!

Niemandem ein Geheimnis anvertrauen!

Seine Eltern redeten von einer neuen Chance.

Neue Chance!

Das klang, als hätte Linus was falsch gemacht.

Das klang, als würde an einer Schule im Nachbarbezirk niemand von seinem Verbrechen wissen.

Dabei gab es nie eins.

Linus drehte seinen Kopf zu Jule. Wie würde sie wohl reagieren, wenn er sich bei ihr so geben würde, wie er wirklich war? Vielleicht kann er seine Angst, erneut zurückgestoßen zu werden, irgendwann überwinden und sich ihr anvertrauen. Nur jetzt noch nicht.

Der Traktor zog seinen beladenen Wagen weiter Richtung Joachimsthal. Der Lehrer lag gemütlich im Heu, nachdem er noch eine Weile auf seinem Smartphone herumtippte. Doch statt Sonnenstrahlen spürte er die ersten Regentropfen auf seiner Haut. In Windeseile schoben pechschwarze Wolken die Sonne zur Seite. Die ersten Heuspäne wurden vom aufkommenden Wind weggepustet. Linus schaute sorgenvoll Richtung Himmel. Auch Jule wachte von den ersten Regentropfen auf.

Mit einem ironischen «Na super» kommentierte die Schülerin den überraschenden Wetterumschwung.

Der Trecker erreichte das Ortseingangsschild von Eichhorst und stoppte am Fahrbahnrand. Der Lehrer und die beiden Jugendlichen waren gezwungen, vom Anhänger abzuspringen, denn der Fahrer zog ohne Rücksicht eine Plane über den Heuwagen, um den Regen abzuhalten.

Es goss jetzt aus Eimern und alle Projektteilnehmer waren von jetzt auf gleich nass bis auf die Unterhose.

Jule schrie. Linus und der Lehrer hielten sich die Ohren zu. Das Mädchen rannte um den Anhänger herum. Friedemann eilte mit offenen Armen hinterher mit den Worten: «Meine aufgeweichte Zimtschnecke! So lange waren wir jetzt voneinander getrennt. Komm und lass mich dir zeigen, wie sehr ich dich vermisst habe.» Jule rannte Richtung Ortszentrum. Sie suchte Schutz vor dem aufdringlichen Friedemann. Linus und Herr Seifert folgten ihr. Sie suchten Schutz vor dem Wolkenbruch. Friedemann blieb im Regen stehen wie ein begossener Pudel.

Der Lehrer fand mit Linus und Jule Unterschlupf in einem nahegelegenen Fischimbiss. Nachdem sich die Vier an frischer Forelle, Bouletten und Brötchen stärkten, betrat Friedemann den Imbiss. Durchnässt von Kopf bis Fuß stellte er stöhnend Jules Rucksack ab.

«Da ist der harte Hund ganz nass geworden!» Jule lachte über ihren eigenen Spruch, aber auch über den durchnässten Friedemann.

«Jetzt darfst du dich einmal wie ein Held fühlen, weil du meinen Rucksack durch den Regen geschleppt hast.» Herr Seifert schaute Jule grimmig an.

«Wie wäre es denn zumindest mit einem Danke?»

«Ich habe ihn nicht darum gebeten! Deshalb muss ich mich auch nicht bedanken.»

«Alles gut!»

«Alles gut? Klar! Außer dass ich absolut enttäuscht von Jule bin und Friedemann wegen ihr womöglich krank wird, ist alles gut. Wie immer!»

Linus schaute verzweifelt Jule hinterher. Die griff ihr Gepäck und stellte es theatralisch zurück in den Regen.

«So! Danke für nichts! Und jetzt lass mich in Ruhe. Für immer!»

«Klasse Jule! Im Umgang mit anderen Menschen fehlt dir so einiges, aber Niveaulimbo kannst du. Gratuliere! Linus, wir holen das restliche Gepäck.»

Linus und Herr Seifert rannten zum Traktor zurück.

Doch der fuhr inzwischen weiter. Auch vom Gepäck war nichts mehr zu sehen. «Scheiße», entwisch es dem Seifert. Linus Gesichtsausdruck entnahm er, dass diesem ähnliche Gedanken durch den Kopf gingen.

«Komm mit, wir gehen zurück zum Imbiss und schauen weiter. Wenn gar nicht anders, müssen wir hier abbrechen!» Linus nickte. Beide stapften wieder durch den

Regen, der noch immer so stark war, dass man keine 30 Meter sehen konnte.

Jule saß auf ihrem Rucksack vor dem Eingang. Eimerweise Regenwasser fiel auf sie hinab.

«Jetzt drehst du komplett ab, oder? Geh rein!» Jule ignorierte ihren Lehrer.

«Ich trage die Verantwortung für euch. Und auf deine Zickereien habe ich keinen Bock mehr. Dein Verhalten ist echt zum Kotzen. Geh jetzt rein und ziehe dir trockene Sachen an.»

Herr Seifert kehrte zurück in den Imbiss.

«Der verliebte Gockel», die Imbissbesitzerin meinte Friedemann, «macht sich auf der Toilette trocken.» Der Lehrer machte keinen Hehl aus seiner Dankbarkeit, dass die dicke Frau mit den blonden Locken sich Friedemann annahm.

«Aber blind vor Liebe ist der arme Kerl! Das ist ja nicht gesund!»

Auch Jule kehrte in den Imbiss zurück.

Alle Projektteilnehmer saßen anschließend an einem runden Holztisch. Es galt zu klären, wie es weitergehen sollte. Zwei Rucksäcke waren verschwunden. Es regnete noch immer aus Kübeln, was gleichzeitig die Stimmung widerspiegelte.

«Ich möchte nach Hause!»

«Jule, das wissen wir! Du wolltest von Anfang an nach Hause. Und das ist der einzige Grund, warum wir hier nicht abbrechen. Diesen Gefallen werde ich dir nicht tun. Lieber laufe ich mit euch die nächsten Tage und

Nächte durch und ertrage deine unsäglichen Zickereien, als zurück nach Berlin zu fahren!» Jule sprang auf, schmiss den Stuhl um und rannte Richtung Toilette.

«Ich werde mal nachsehen, was mein Knufelbär für Sorgen hat!» Friedemann stand auf.

«Friedemann, halt die Klappe und setz dich hin!» Der Schüler schaute seinen Lehrer entsetzt an. Die Laune vom Seifert konnte nicht mehr tiefer sinken. Dann stand er selbst auf und stellte den umgeworfenen Stuhl zurück an den Tisch.

Herr Seifert befahl den Jungs, am Tisch zu warten, während er zu Jule ging, doch Friedemann stand erneut auf und wollte folgen.

«Hinsetzen! Klappe halten! Ist das so schwer?» Friedemann zuckte zusammen und setzte sich wieder.

Herr Seiferts Nerven standen kurz vor der Explosion. Bei seinen Lehrerkollegen schüttelte er immer mit dem Kopf, wenn die mit einem Befehlston, wie bei der Armee, mit den Schülern sprachen. Jetzt legte er genau die gleiche Tonart an den Tag.

Auf halbem Weg zum Klo kam ihm Jule entgegen. Ohne ein Wort zu sagen, marschierte sie an ihrem Lehrer vorbei und setzte sich zu den Jungs. Dann saßen alle gemeinsam am runden Holztisch. Die Schüler erwarteten die Ansprache ihres Lehrers.

Jule legte genauso übertrieben ihren Kopf auf Linus Schulter, wie sie Friedemann und den Seifert ignorierte. «So, Kindergruppe Regenbogen! Ich dachte, dass mit Schülern aus der 8.Klasse anders umgegangen werden kann, aber ich habe mich wohl getäuscht.» Jule grinste provokant, schenkte ihrem Lehrer aber weiter keine Beachtung.

«Nein, Jule! Wir werden nicht umkehren. Unsere Rucksäcke werden irgendwo sein. Der Regen hat bereits nachgelassen. Und ab sofort wird es klare Regeln geben!

Niemand wird mehr Purzelchen, Schäumchen oder sonst wie verniedlichend genannt!

Niemand drängelt sich mehr bei anderen auf!

Und die sogenannten Anderen stellen ihre Kindergartenzickereien bitte augenblicklich ein. Und dann ist auch alles gut! Kapiert?» Friedemann antwortete mit einem Schmollmund, Jule kommentierte die Worte ihres Lehrers mit einem «Tsss» und Linus stand auf und ging zur Tür.

Die Schüler und ihr Lehrer machten sich gemeinsam auf die Suche nach den Rucksäcken. Herr Seifert sprach alle Menschen an, die der Gruppe begegneten und fragte, ob jemand einen Traktor mit Heu auf dem Anhänger sah.

Mit Erfolg!

Minuten später verließ die Gruppe Eichhorst Richtung Westen und erreichte kurz darauf einen heruntergekommenen Bauernhof. Der Traktorfahrer bemerkte seine ehemaligen Mitfahrer und wirkte überrascht.

«Achso, ja! Ihre Rucksäcke! Ich habe gehofft, dass Sie vorbeikommen und die abholen. Ansonsten hätte ich sie natürlich so lange aufbewahrt, wie es nötig gewesen wäre.» Der Mann grinste verlegen, führte die Vier in eine Scheune, wo die Rucksäcke in einer Ecke lagen.

«Schön», meinte der Lehrer. «Aber mein Rucksack ist halbleer. Wo sind die Sachen, Dietmar?»

«Keine Ahnung, ich habe die Rucksäcke so aufgehoben und mitgenommen. Wollen sie mir was unterstellen?»

Unterdessen begab sich Linus in den hinteren Bereich der Scheune. Er fand seine Klamotten im Schlamm. Der Geruch nach Schweinescheiße lag in der Luft. Sein Ladekabel und sein Handy lagen entfernt auf einer Ablage. Daneben stand, akkurat aufgebaut, die Isomatte und sein Schlafsack. Jule lief zu ihrem Freund, der sich fassungslos in den Schlamm hockte. Sie beugte sich zu ihm runter und legte ihren Arm um seine Schulter.

«Ich weiß, dass das jetzt doof klingt, aber es wird alles wieder gut. Deine Sachen kann man waschen.» Ihr fiel die Unterwäsche von Linus auf. «Ich glaube, du hast dich im Kleiderschrank geirrt. Das sieht eher nach der Kleidung deiner Schwester aus.» Linus griff kommentarlos nach den Klamotten, drückte sie wie einen Schatz an seine Brust und suchte nach links und rechts schauend, nach seinem Rucksack. Dann sprang er auf und lief zügig zu Herrn Seifert, der noch immer mit Dietmar diskutierte. Er griff seinen Rucksack, der neben dem Lehrer stand.

Herr Seifert beendete die Diskussion, nachdem Friedemann die fehlenden Sachen des Lehrers in der Scheune entdeckte. Alle waren froh, dass die Rucksäcke samt Inhalt wieder da waren. Wenn auch zum Teil arg verdreckt.

Um die Schüler für die restlichen Kilometer bis zum Etappenziel zu motivieren, spielte Herr Seifert seine letzte Karte aus. Er erzählte, dass sie in Joachimsthal keine Zelte aufbauen müssten. Es wartete eine warme Dusche, ein Bett und ein ausgiebiges Frühstück auf die Gruppe.

Jule suchte den Kontakt zu Linus. Der wiegelte aber ab und wirkte in sich gekehrt.

Die Sonne schob die letzten Regenwolken zur Seite und schien gnadenlos auf die Gruppe herab. Es lag der Geruch von Flieder in der Luft. Die Teilnehmer liefen schweigend nebeneinander her.

Während der ersten Pause tunkte der Seifert ein Handtuch in einen kleinen Bach, presste die meiste Feuchtigkeit wieder raus und band das feuchte Tuch als Sonnenschutz um seinen Kopf. Der Empfehlung an die Schüler, es ihm gleichzutun, widersprach Jule energisch.

«Lieber werde ich von der Sonne gebraten, bevor ich scheiße aussehe.»

Am späten Nachmittag erreichten die Schüler und ihr Lehrer das Gebiet rund um den Werbellinsee. Der

Fußweg schlängelte sich am Waldrand in die Höhe. Linus hielt an, stemmte sich mit seinen Händen gegen das kleine Gitter, von dem die weiße Farbe deutlich bröckelte und was die Fußgänger vor einem Sturz in die Tiefe schützte. Erstaunt schaute er Richtung Horizont auf das schimmernde Gewässer und die kurvenreiche Straße unter ihm. Zum ersten Mal seit dem Moment in der Scheune erkannte Jule wieder ein Lächeln in seinem Gesicht.

Friedemann startete einen Jammer-Marathon und gab abwechselnd stöhnende und schmerzerfüllte Laute von sich. Er brauchte eine Pause. Auch Jules Kraftreserven sanken langsam Richtung Nullpunkt.

«Ich dachte, das Projekt nennt sich Fauna und Flora in der Pampa oder so ähnlich und nicht Überlebenstraining in der Hitze der Pampa.»

«Weißt du, was das Schöne an unserer Situation ist? Du kannst nicht zurück. Ohne den doofen Seifert kommst du aus dieser Nummer nicht mehr raus.» Jule spendete ihrem Lehrer ein giftiges Lächeln.

«Aber, Friedemann und Linus, bitte bedankt euch bei der reizenden Jule, wir legen eine Pause ein.» Linus nahm dies kommentarlos hin. Friedemann jaulte stöhnend auf. Nur Jule ahnte, was kommen sollte.

«Bevor wir das letzte Stück nach Joachimsthal zum Teil bergauf laufen, wird Jule etwas zur Entstehung des Werbellinsees erfahren.»

Die Provokation des Lehrers saß, doch wollte Jule sich ihre Aufgebrachtheit nicht anmerken lassen. Sie wusste, dass es genau das war, was der Seifert wollte. Sie nahm sich vor, es ihm gleich zu tun. Sie hatte die Worte ihres Vaters im Ohr. Er gab ihr oft den Tipp, dass die Lehrer am meisten geärgert werden, wenn die Schüler, die die Lehrer nicht mochten, durch besonders gute Leistung auffielen. So nahm sich Jule vor, beim bevorstehenden Vortrag ihres Lehrers in besonderem Maße zuzuhören. Leider übertrieb sie es mit ihrer Aufmerksamkeit.

Die Schüler erfuhren, dass der See zur Weichsel-Eiszeit entstand und früher hier die Slawen siedelten.

Jeden Satz von ihrem Lehrer quittierte die Schülerin entweder mit einem übertriebenen Kopfnicken oder mit Kommentaren wie:

«Ah, krass!»

«Interessant!»

«Sehr cool!», oder

«Und weiter?»

Anders als im Fischrestaurant blieb der Seifert ruhig. Die Schülerin redete weiter dazwischen, weswegen sich sogar Linus dazu hinreißen ließ, ihr mit der flachen Hand genervt gegen die Schulter zu hauen. Jule schaute ihren Freund überrascht an und hielt ihren Arm. Doch mit Friedemann rechnete in diesem Moment niemand. Froschähnlich sprang er zwischen Linus und seiner Angebeteten.

«Ich rette dich vor diesem Schläger, meine zerbrechliche Liebesperle!» Der Junge stürzte sich mit einem missglückten Hechtsprung auf Jules Sitznachbarn.

«Ich werde dir zeigen, was passiert, wenn jemand meine Herzensdame verprügelt.» Friedemann lag nun auf

Linus. Dieser zog sein rechtes Bein an und beförderte sein Knie platziert in Friedemanns Familienplanungen. Der atmete langsam röchelnd ein, vergaß aber, wieder auszuatmen. Seine Pupillen drohten, aus seinen Augen zu fallen. Friedemann ließ unfreiwillig von seinem Rivalen ab und rollte von Linus hinunter. Jule sprach, dass diese schleimige Schmalzstulle es nicht anders verdiente. Der Lehrer saß mit einem Lächeln auf seinem Platz.

«Klasse Leute! Ihr schafft es wirklich, euch an die Regeln zu halten.»

Linus guckte leicht geschockt zu Friedemann und tippte mit dem Zeigefinger dreimal an seine Stirn. «Alles gut?» Linus antwortete auf Jules Frage mit einem Kopfnicken.

Friedemann wand sich noch immer im Dreck, gab ein «Uhhhh, Uhhhh» von sich. Er hielt sich beide Hände im Schritt.

«Fertig? Oder gibt es eine Zugabe?» In den Worten des Lehres schwamm unüberhörbar Ironie mit. Doch die überhörte Jule.

«Eine Zugabe wäre nicht schlecht! Vielleicht steht der dann nie mehr auf und ich habe endlich meine Ruhe.» Das Mädchen schaute verächtlich zu Friedemann hinunter.

«Ein solches Statement habe ich von niemandem erwartet, außer von dir.»

Herr Seifert stand auf, ging zum winselnden Friedemann und half ihm auf die Beine. Zunächst etwas ge-

bückt, aber der Lehrer wusste, dass sich das bald ändern würde.

Am frühen Abend erreichte die Gruppe ein Haus, an
dem manche Dachziegel fehlten, der Putz von der
Hauswand blätterte und die Fenster älter als die graugue-
lockte Frau aussahen, die auf ihrem Rollator im Garten
saß. Die Gruppe stand vor der Pension in Joachimsthal.
«Okay, wo soll ich mein Zelt aufbauen?» Den von Jule
nicht ganz ernst gemeinten Satz nahm der Seifert auf
und pfefferte zurück.
«Alles klar! Jule schläft im Zelt und wir helfen alle
beim Aufbau!» Jule wusste, dass Herr Seifert das nicht
ernst meinte.
«Keine Angst mein Engelsschein. Ich bleibe in der
Nacht bei dir und beschütze dich!» Jule verzog das
Gesicht. Herr Seifert hatte genug.
«Friedemann, deine dämlichen Anmachsprüche sind
selbst mir inzwischen zuwider.» Jule glaubte nicht, was
sie hörte. Hielt ihr Lehrer jetzt endlich zu ihr?
Hatte er verstanden, warum sie so genervt war? «Friedemann, kapier doch endlich, dass du anders rangehen
musst, um bei Jule zu landen.» Ohne es zu wissen, be-
antwortete Herr Seifert Jules Fragen und nahm ihr jede
Hoffnung auf Verständnis.
«Was haben Sie eigentlich gegen mich?» Nur weil ich
ein Mädchen bin und Sie auf Jungs stehen?» Linus

wünschte, sich verhört zu haben. Er erwartete noch mehr Ärger für Jule.

«Jule, ich stehe weder auf kleine, pubertierende Mädchen wie dich, noch auf Jungs. Ich bevorzuge Männer! Aber Danke, dass dir meine Sexualität so wichtig scheint. Und zu deiner zweiten Frage: Ich habe nichts gegen dich, sondern nur etwas gegen Menschen, die grundlos alles schlecht reden, schlechte Laune verbreiten, andere Menschen niedermachen. Und ich habe was gegen Menschen, die nicht in der Lage sind, das Beste aus einer Situation herauszuholen, sondern lieber rummeckern.» Der Lehrer drehte Jule den Rücken zu und schob die knarzende Eingangstür auf. Er ordnete an, sich erst einmal anzumelden, bevor Jules Zelt im Garten aufgebaut werden sollte.

Statt eines Anmeldetresens gab die Tür lediglich den Blick auf teils kaputte Wohnungstüren frei. Der Lehrer schaute sich suchend um.

«Klasse Bruchbudenfeeling! Da hätte ich auch zu Hause bleiben können!» Linus schaute Jule an, presste seine Lippen zusammen, legte dann seine Stirn in Falten und flüsterte: «Alles gut!» Der Vulkan brodelte und drohte jeden Moment auszubrechen, wenn das Mädchen ihre provokanten Sprüche nicht unterließ.

Es klopfte an der Tür des Hintereingangs. Die grauhaarige Frau mit dem Rollator verdeutlichte mit ihren Handbewegungen, dass die Gruppe nach draußen kommen sollte.

Im Garten stand ein Campingtisch auf wackligen Beinen. Darauf lag ein Klappbrett, an dem ein handgeschriebener Anmeldebogen befestigt war. Der Lehrer schrieb darauf in großen Buchstaben:

1 Betreuer,
2 Schüler unter 16 Jahre.

«Das Mädchen hier möchte unbedingt zelten. Wäre das möglich?» Jule spürte die Hände ihres Lehrers an ihren Schultern. Er setzte ein hämisches Grinsen auf.
«Wissen Sie, die Jule ist sehr freiheitsliebend und hat schnell schlechte Laune, wenn sie ihren Willen nicht bekommt.»
Linus griff unauffällig nach Jules Hand, Friedemann glotzte den Lehrer ungläubig an.
Die alte Dame, die sich mit Gisela vorstellte, schaute Jule ins Gesicht.
«Junge Dame, Sie sehen aber traurig aus.» Jule zwang sich ein zartes Lächeln ins Gesicht. Ihre Augen schimmerten bereits wässrig. Linus spürte, dass Jule mit den Tränen kämpfte. Er nahm sie in den Arm. Die alte Dame verstand den Gesichtsausdruck Jules jedoch falsch. Sie ging davon aus, dass das Mädchen traurig wäre, weil sie nicht zelten könne.
«Wissen Sie, junge Dame! Normalerweise ist das Zelten hier im Garten strikt verboten. Das tut dem Rasen nicht gut. Aber für eine Nacht werde ich mal eine Ausnahme machen.» Jule konnte ihre Tränen nicht mehr zurückhalten.
«Na, na, na, junge Dame! Sie müssen doch nicht gleich weinen vor Freude.»

Linus drückte Jule an sich und murmelte: «Alles gut!»
«Wenn der aufdringliche Herr die Güte hätte und meine
baldige Ehefrau aus seinen Klauen freilassen könnte?»
Engumschlungen schauten Jule und Linus zu Friedemann. Das Mädchen legte ihren Kopf auf Linus Schulter.

Herr Seifert bezog mit den Jungs eine 1-Zimmer-
Unterkunft. Das WC und die Dusche befanden sich auf
dem Flur. Da es in der Wohneinheit nur eine ausziehba-
re Couch gab, erklärten die Jungs sich damit einver-
standen, auf ihren Isomatten zu schlafen.
Jules Zelt musste im Garten aufgebaut werden. Herr
Seifert erinnerte sich, dass Linus die Zelte bereits für
die erste Nacht aufbaute. Daher bekam der die Füh-
rungsrolle, als es um den Aufbau von Jules Zelt ging.
Doch im Bauch von Linus breitete sich ein flaues Gefühl aus. Er fühlte mit Jule mit. Er wusste, dass Herr
Seifert Jule ärgern wollte. Der Lehrer wartete nur darauf, für all die Sprüche, die Jule unterwegs abließ,
Rache zu nehmen. Und Linus stand nun zwischen seinem Lehrer, von dem er keinen Ärger bekommen wollte, und seiner Freundin Jule.

Jule saß weinend auf einem Bordstein vor dem Haus.
Hier draußen beobachtete sie niemand.
Hier ließ sie ihren Tränen freien Lauf.
Hinter ihr hustete plötzlich jemand leise. Blitzartig
wischte die Schülerin mit ihrem Arm über ihr Gesicht.
«Hey, alles klar bei dir? Ich hab dir die Essenszeiten
aufgeschrieben. Heute Abend 20.00 Uhr und morgen
früh 07.00 Uhr. Nicht das du das Essens versäumst.»
Grinsend hielt der Seifert dem Mädchen einen Notiz-
zettel vors Gesicht. Mit einem überfreundlichen «Dan-
keschön» nahm Jule das Stück Papier und knüllte es in
die Hosentasche.
«Die Jungs haben dein Zelt aufgebaut. Schau doch mal,
ob dir dein kleines Königinnenreich so genügt. Nicht
das Friedemann noch Herzchen an die Zeltwand malt.»

Vor dem Abendessen trug die Schülerin ihre Waschsa-
chen ins Haus. Gisela wies ihr mit einem freundlichen
Lächeln den Weg zur Dusche. Seit langem spürte Jule
wieder Freude.
Vorfreude auf eine warme Dusche.
Vorfreude, sich im eigenen Köper wieder
wohlzufühlen.
Mit viel Mühe zog sie im Vorraum ihre Hose aus. Wie
mit Kleber befestigt haftete ihr Top auf ihrem Oberkörper. Es roch unangenehm nach Schweiß. Von all ihren
Klamotten befreit öffnete sie die Tür zum Duschraum

und erschrak. Ihr Inneres war wie gelähmt. Vor ihr stand ein Körper, der so pudelnackt war, wie ihrer. Wie ferngesteuert schaute sie erst in zwei freundliche Augen, dann auf die Brust, starrte unkontrolliert auf einen Körperbereich, der sie gänzlich überforderte, ehe ihre Augen weiter unkontrolliert Richtung Füße absanken. Jule wollte schreien, aber der Schock saß zu tief. Sie starrte weiter die Person an, die ihr gegenüberstand. Dann sammelte sie sich wieder, knallte die Zwischentür zu, griff nach ihrem großen Handtuch, wickelte darin ihrem Körper ein und rannte zurück ins Zelt.

Die Zeit zum Abendessen nahte. Doch allein der Hunger wäre kein Grund gewesen, dass Jule in den Essenssaal ging. Nur der Seifert hätte wieder was auszusetzen gehabt, wenn sie dem Abendessen fern blieb. Das wollte Jule ihrem Lehrer auf keinen Fall gönnen. Sie musste ihre Scham überwinden. Um jeden Preis.

———————————

Auf leisen Sohlen betrat Jule den schlicht belichteten Speisesaal. Herr Seifert, Linus und Friedemann saßen an einem gedeckten Holztisch. Dem einzigen Tisch im Raum. Wo sollte Jule Platz nehmen? Neben dem Seifert? Neben Friedemann? Sie entschied sich für Friedemann, denn dort saß sie Linus nicht gegenüber. Was fühlte er? Friedemann klappte die Kinnlade herunter. Jule setzte sich tatsächlich neben ihn. Das Mädchen hegte den Wunsch, dass Friedemann sie in Ruhe ließ, doch der blieb unerfüllt.

«Mein zartes Gulaschstückchen, darf ich dein Vorkoster sein?» Auf Jules gemurmeltes «Halt dein Maul und ersticke an deinem Gulasch» zuckte ihr Sitznachbar kurz zusammen und aß weiter.

Die Dunkelheit löste mehr und mehr das Tageslicht ab. Jule lag in ihrem Zelt, vermisste ihren Vater. Sie dachte an Inga und die Wut auf ihre ehemalige beste Freundin, die langsam abebbte. Doch verzeihen wird sie ihr nie mehr. Sie dachte an ihren Biologielehrer.

Jule wusste, dass die fiese Art vom Seifert eine andere war, als die von der Schulzen. Bei ihm wusste sie, dass er alle Schüler mochte, auch wenn er mal gemein war. Trotzdem fühlte sie sich wie ein angeschossener Straßenhund. So sehr litt sie unter ihm.

Auf einmal bewegte sich der Reißverschluss ihres Zeltes langsam nach unten. Jule schnellte in Windeseile hoch. Sie ging davon aus, dass Friedemann ihr einen Besuch abstattete.

«Verpiss dich! Lass mich in Ruhe!» Oder war es doch ihr Lehrer, der nochmal das Gespräch mit ihr suchen wollte? Der Reißverschluss wanderte weiter nach unten. Jule wich einen Schritt zurück. Was erwartete sie jetzt?

Sie schaute mit aufgerissenen Augen zum Zelteingang. Linus lächelte Jule verlegen an.

«Du?»

«Alles gut!» Linus kroch auf allen vieren ins Zelt. Etwas Merkwürdiges geschah!

Erst strich der Junge Jule zart mit seinem Zeigefinger über die Wange und sagte «Alles gut!» Doch dann: «Ich habe gehofft, dass du noch wach bist!»

«Hey, du hast ja doch mehr als zwei Wörter auf Tasche. Wegen vorhin...es...es tut mir leid, ich...ich...also...ich wollte nicht einfach so reinplatzen! Aber du, naja, hättest ja auch abschließen können.»

«Die Tür konnte man nicht abschließen.» Linus guckte beschämt auf den Boden. «Und ich habe gemerkt, dass dir das peinlich war.»

«Ach, echt? Wie kommst du denn darauf? Aber mal ehrlich, war dir das nicht peinlich? Immerhin hast du mich auch nackt gesehen!» Linus schüttelte den Kopf. Seine Haare flogen durch die Luft.

«Krass! Okay!»

«Das hat aber andere Gründe!» Linus starrte weiter nach unten.

«Jule, also, ich weiß nicht, ob ich es dir sagen kann!» Das Mädchen ahnte, was kam. Hat sich Linus in sie verliebt? Bitte nicht noch einen Verehrer. Trotzdem! Sie musste die Wahrheit erfahren. Sie mochte Linus. Hatte ihn unsagbar lieb gewonnen. Gerade deshalb konnte und wollte sie nicht mit ihm gehen. Ihre freundschaftlichen Gefühle wuchsen in kurzer Zeit so schnell wie Kresse nach oben. Sogar noch höher. Aber verliebt war sie nicht. Jule fand das komisch, aber lieber hätte sie Linus als einen ein Jahr jüngeren Bruder gehabt, als mit ihm zu gehen. Eine Erklärung dafür hatte sie nicht.

Ihr fiel ein Satz ein, mit dem sie direkt die Karten auf den Tisch packte. Ohne Linus abzuweisen. Zart legte sie ihre Hand auf seine Schulter.

«Linus, du kannst mir alles erzählen. Wir sind doch beste Freunde!» Der Junge hob seinen Kopf, strahlte über das ganze Gesicht und fragte, ob Jule das ernst meinte. Dann nahm er das Mädchen fest in beide Arme. Davon war Jule überwältigt und überrascht zugleich.

«Was willst du mir jetzt erzählen?»

«Du darfst das aber nicht weiter erzählen. Versprochen?»

«Versprochen!»

«An meiner alten Schule wurde ich deswegen verprügelt, jeden Tag fertiggemacht. Das will ich nicht nochmal!» Linus drückte eine Träne weg. «Deswegen habe ich mir geschworen, nichts mehr außer «Alles gut» zu sagen. Dann konnte man mir wenigstens nichts mehr!»

«Naja, aber komisch ist das schon.»

«Ich weiß. Und ich will dir sagen warum und ich will auch, dass dir das mit der Dusche nicht peinlich sein muss. Ich werde jetzt nicht jeden Abend auf meinem Bett sitzen, dich mir nackt vorstellen und mir einen von der Palme wedeln. Im Gegenteil! Ich finde, du hast voll den schönen Körper. Aber ich finde ihn anders schön, als Friedemann zum Beispiel.»

Jule hatte Schwierigkeiten zu folgen.

«Ich hasse es, wenn Leute rumeiern. Komm doch einfach mal auf den Punkt.»

Linus stotterte.

«Ich...ich bin im falschen Körper geboren!»

«Was?»

«Ja, ich fühle mich eigentlich wie ein Mädchen. Ich weiß, das klingt krank. Das haben mir schon viele gesagt. Meine Eltern haben mich deswegen schon zur Therapie geschickt. Ich kann aber wirklich nichts dafür.»

«Krass!» Jule schaute kurz ins Nichts. Sie musste ihre Gedanken ordnen.

«Aber warte mal, deswegen die Mädchenunterwäsche, die ich im Schlamm sah?» Linus nickte zurückhaltend. Der Anfangsverdacht, dass Linus in sie verknallt sei, drang zurück in ihren Kopf. Jule war erleichtert.

«Ey komm, es gibt Schlimmeres. Also für mich. Für dich ist es bestimmt eine Qual.»

«Ja! Es ist so brutal schwer, jeden Tag eine Show abzuziehen und so zu tun, als wäre man jemand anderes.»

«Aber wenn du wie ein Mädchen fühlst, stehst du dann auch auf Jungs?»

«Ich glaub schon. Auch wenn ich noch nie wirklich verliebt war. Aber die meisten Jungs hasse ich.»

«Du und hassen? Kann ich mir gar nicht vorstellen.»

«Ist aber so! Diese ganzen Wichtigtuer kotzen mich ja so an. Ich meine, diese ganzen Prolls sind doch eigentlich die kompletten Weicheier. Ich habe immer schon viel lieber mit Mädchen gespielt und verstand mich mit denen viel besser. Wenn die anderen Jungs sich mal die

Mühe gäben, die Mädchen mehr zu verstehen, würden sie damit eher landen, als mit ihrem Rumgemacker.»

Später erzählte Linus genauer, dass er regelmäßig in der Sportumkleide von den Jungs verprügelt, während des Matheunterrichts mit Tampons beworfen wurde und ständig Hänseleien und Beleidigungen ausgesetzt war. An diesem Abend im Zelt spürte Linus nach langer Zeit wieder Sicherheit.

Kurz vor Mitternacht schlich Linus zurück in die Pension. Friedemann und der Lehrer schnauften um die Wette. Sie bekamen nicht mit, wie Linus sein Smartphone aus dem Rucksack fischte.
Zurück im Zelt reichte Linus Jule sein Telefon. Die wartete nicht lange, tippte die Nummer ihres Vaters ein und ließ es klingeln. Vergebens! Dann schrieb sie eine Nachricht:

«Hy Papa! Mir gehts gerade saugut. Coole Leute hier am Start. Trotzdem freue ich mich auf Freitag. Hab dich lieb! Jule!»

———————————

Am nächsten Morgen weckte Jule und Linus eine Porzellantasse. Sie zerbrach vor ihnen in zig Einzelteile. Beide rissen erschrocken die Augen auf. Jule ging in die Hocke. Es dauerte, bis sie einen ersten klaren Gedanken fasste. Friedemann stand vor den beiden. Er wollte Jule mit einer Tasse Pfefferminztee überraschen. Mit offenem Mund stand er nun vor ihnen und atmete langsam und geräuschvoll ein. Er zeigte mit seinem Zeigefinger auf Linus, der es sich am gestrigen Abend mit Jule vor dem Zelt auf ihrer Isomatte bequem machte. Linus wollte einmal unterm Sternenhimmel schlafen, doch ausgerechnet Friedemann sah beide engumschlungen vor dem Zelt liegen.

«Du...du...also...du...ich weiß...ich kann gar nicht... . Du...du hast meine Frau beschmutzt?!»

Linus hob erst den Kopf und setzte sich dann neben Jule. Er bestaunte ihren Körper und klopfte ihr theatralisch Schmutz von ihrem Po. Jule kommentierte das lachend mit:

«So, wieder sauber!»

Friedemann schüttelte den Kopf. Geschockt kehrte er in die Pension zurück.

———————

Nach dem Frühstück wurde Friedemann mit einem großen Paket überrascht. Herr Seifert wusste nicht, ob es noch eine Möglichkeit gab, für Friedemann alle nötigen Klamotten zu kaufen. Und es war bereits Mittwoch. Also bestellte er diese am gestrigen Tag über sein Smartphone im Internet und ließ sie zur Pension liefern. So kam auch Friedemann zu seinem Zelt, seiner Isomatte und neuen Klamotten. Die Rechnung dafür ließ er Friedemanns Eltern zukommen. Sie hatten zwar keinen Computer und kein Telefon, aber einen Briefkasten sollten sie doch haben.

Es startete die nächste Etappe. Fast 30 Kilometer lagen vor der Gruppe, ehe sie am Abend ihre Zelte auf einem Campingplatz in Warnitz aufzubauen gedachten.
Am Grimnitzsee stolperten alle über den löchrigen Asphalt. Herr Seifert ordnete an, dass Friedemann einen großen Abstand zur Gruppe halten sollte. Das freute Jule, doch sie ahnte nicht, was ihren Lehrer dazu bewog. Für ihn gab es dringenden Gesprächsbedarf.

Für Friedemann war das, was er am Morgen sah, als Linus und Jule aneinandergekuschelt leise vor sich hin grunzten, Sex. Und das berichtete er dem Lehrer. Damit konfrontiert brachen beide in schallendem Gelächter aus. Linus ergriff das Wort.
«Herr Seifert! Ich schlafe mit keinem Mädchen. Ich bin sozusagen ähnlich wie sie. Nur noch mehr anders. Herr Seiferts in Falten gelegte Stirn verriet, dass er Linus nicht folgen konnte.
«Jule und ich sind Freunde. Sie gab mir den Mut, zu meinen Gefühlen zu stehen.
Wissen sie, ich fühle mich sozusagen weniger als Junge. Mehr als Mädchen. Und ich habe genauso wenig Interesse an Jule, wie sie. Der Lehrer lachte, drehte sich zu Friedemann um, der zwar auf Abstand blieb, aber durch seine vorgebeugte Körperhaltung verriet, alles mitbekommen zu wollen. Dann ergriff Jule das Wort.

«Herr Seifert, ich möchte mich bei Ihnen für gestern entschuldigen. Ich war einfach müde und irre genervt von diesem Typen hinter uns. Und deswegen möchten Linus und ich mit Ihnen was absprechen.»

«Ich nehme deine Entschuldigung nicht an. Du verhagelst allen die Stimmung, nur weil du mit Friedemann ein Problem hast. Ich hätte was anderes von dir erwartet. Du kannst der Gruppe aber gerne beweisen, dass du aus deinen Fehlern gelernt hast. Und wegen eurer Absprache bin ich ganz Ohr.»

«Ich werde ab sofort kein Geheimnis mehr daraus machen, dass ich viel lieber ein Mädchen wäre. Erst recht nicht vor Friedemann....» Der Lehrer wusste sofort, auf was Linus anspielte.

«Nein! Das wollt ihr nicht wirklich tun, oder?
Also, okay! Solange ihr es nicht übertreibt, könnt ihr es ihm gerne heimzahlen.»

Die abgelehnte Entschuldigung stimmte Jule nachdenklich. Natürlich hatte sie es selbst in der Hand, durch ihr verändertes Verhalten zu beweisen, dass sie aus ihren Fehlern lernte. Wäre da nicht Friedemann, der es Jule unsagbar schwer machte.

Herr Seifert winkte Friedemann heran. Dieser staunte. Die beiden Schüler neben ihrem Lehrer hielten Händchen.

«Haben sie diesem Möchtegern-Don Juan nicht mitgeteilt, dass er die Hände von meiner Liebesgöttin zu lassen hat? Nun, dann muss ich das wohl selbst übernehmen.» Der Lehrer wollte gerade erklären, dass niemand Friedemanns angebliche Liebesgöttin anfasste, da stand Friedemanns Fuß bereits vor Linus linkem Bein. Der stolperte und landete unsanft auf dem Straßenbelag.

«Da gehörst du hin, du Casanova für Arme!» Jule und der Seifert schmissen ihre Rucksäcke ab und griffen ein. Sie halfen Linus wieder auf die Beine. Sein aufgerissenes Hosenbein gab den Anblick eines blutverschmierten Knies frei. Friedemann hatte noch nicht genug.

«Ich werde dir schon zeigen, was es heißt, sich an meiner Herzensdame zu vergehen. Dafür, dass du es wagtest, sie mit deinen Griffeln anzutatschen, erkläre ich dir hiermit den Krieg. Niemand beschmutzt die zukünftige Frau und die Ehre von Super-Friedemann.» «Alter, du tickst ja nicht richtig!», schrie Jule und ging auf Friedemann los. Ihr Lehrer hielt sie davon ab, handgreiflich zu werden. Er meinte, dass es wichtiger sei, sich um Linus Verletzung zu kümmern. Danach würde alles Weitere geklärt werden.

Noch während Jule und ihr Lehrer Linus Knie verarzteten, regneten viele weitere Drohungen auf Linus hinab. Friedemann nahm die Kampfhaltung eines Boxers ein und tänzelte hin und her.

«So, jetzt hörst du mir mal zu, Mohammed Ali für Arme!» Herr Seifert kämpfte darum, die Ruhe zu bewahren. «Ich verbiete mir bei meinem Projekt jegliche Form von Gewalt. Dazu zählen auch Drohungen oder Beleidigungen. Genauso möchte ich von niemandem angelogen werden. Du meintest vorhin, dass du die beiden in flagranti erwischt hättest. Das stimmt nicht. Das, was du gesehen hast, nennt man Freundschaft. Und die kann es durchaus auch zwischen Mann und Frau geben. Und du solltest mal überlegen, aus welchem Grund du keine Freunde hast.»

Herr Seifert fixierte Friedemann noch einen Augenblick mit seinen Augen. Sein Gesichtsausdruck wirkte sehr streng. Dann lief er zu seinem Rucksack und ließ einen sprachlosen Friedemann zurück.

Die Gruppe stapfte durch den endlos wirkenden Wald. Trotz der schattenspendenden Bäume lief der Schweiß bei allen Teilnehmern um die Wette. Herr Seifert, Jule und Linus passierten schweigend Baum für Baum und Friedemann stöhnte ohne Unterlass.

Bei der nächsten Pause fiel er wehklagend nach hinten über auf sein Gepäck und jammerte ächzend über Schmerzen im ganzen Körper. Linus, der sich vom Übergriff auf ihn inzwischen erholte, nutzte die Chance und setzte sich neben Friedemann, der noch immer auf seinem Rucksack lag. Den Kopf hinten rübergestreckt, die Beine baumelten in der Luft. Linus konnte es kaum erwarten, es Friedemann heimzuzahlen. Erst bedrängte er andauernd seine Freundin, dann vergriff er sich auch noch an ihm selbst.

«Mein Süßer, soll ich dich massieren?»

Ohhhh, jaaa! «Einmal bitte von oben nach unten!»

Linus erwartete eigentlich eine abweisende Antwort. Egal! Er stand auf und setzte sich auf Friedemann. Dessen Kopf schnellte wie eine Sprungfeder stöhnend nach oben. Linus ließ seine ausgestreckten Finger über Friedemanns Oberkörper gleiten. Der unter ihm liegende Junge schrie wie eine Hyäne und wollte aufspringen. Doch der auf ihm sitzende Linus und auch der schwere Rucksack hinderten ihn daran. Friedemann zappelte, schlug seine Gliedmaßen unkontrolliert in alle Richtungen und plärrte wie ein Baby. Lachend landete Linus auf dem Boden.

«Ich stehe auf wilde Jungs, weißt du?» In seiner Panik verknotete sich Friedemann an den Trägern des Rucksacks. Kaum befreit, rannte er wie ein angeschossenes Wildschwein in den Wald und schrie:

«Oh Gott! Zu Hilfe! Eine Schwulette!»

Nach der Pause begaben sich der Lehrer und die beiden Schüler wieder auf den Weg. Friedemann würde schon wieder zu ihnen stoßen. Das befürchtete vor allem Jule. Nun hieß es aber, erst einmal auf andere Gedanken zu kommen.

Da war noch eine Frage, die dem Mädchen auf der Seele brannte.

«Darf ich euch was fragen?» Herr Seifert antwortete mit einem nichtssagenden Blick, Linus schaute zu seiner Freundin und zog erwartungsvoll die Augenbrauen hoch.

«Also, das ist mir etwas unangenehm», stammelte das Mädchen leise.

«Dann lass es!» Die Ansage ihres Lehrers war deutlich.

«Unangenehm war es mir gestern. Komm, frag schon», forderte Linus Jule auf.

«Wie fühlt es sich eigentlich an, schwul zu sein?»

«Normal?!», warf der Seifert sofort ein. Jule nickte verhalten.

«Oder was willst du wissen? Wie es Schwule treiben?» Jule spürte, dass Herr Seifert noch immer nicht gut auf sie zu sprechen war.

«Weißt du, was das Schönste daran ist? Das man so eine tolle Freundin wie dich hat. Ohne das gleich jemand denkt, dass man ineinander verknallt wäre. Außer Friedemann.»

———————————

Nach weiteren Pausen und zurückgelegten Kilometern lag die Uckermark vor der Gruppe. Die Teilnehmer erreichten das Waldende und waren nun der Sonne genauso ausgeliefert, wie ein von einem Rudel Löwen eingekreistes Zebra. Jule zählte die Schritte, um durchzuhalten. Ihrem Lehrer merkte man die Hitze und den scheinbar endlosen Gang über den asphaltierten Weg, vorbei an Feldern und Wiesen, an. Er wischte mit seinem Arm wieder und wieder den Schweiß von seiner

Stirn, seine Körperhaltung wirkte mehr krumm als gerade. Nur Linus lief, als hätte er nie etwas anderes gemacht, als in sengender Hitze Richtung Ostsee zu laufen.

«Ich würde euch gerne etwas über die Windräder hier erzählen. Aber verzeiht mir bitte, dass ich es nicht tue. Die Sonne raubt mir alle Kräfte.

Jule tätschelte ihrem Lehrer auf die Schulter. Sie sagte süffisant:

«Wir werden es Ihnen irgendwann verzeihen!» Die Mundwinkel ihres Lehrers ließen ein leichtes Lächeln vermuten.

Herr Seifert ordnete beim Gang durch die Uckermark viele kleine Pausen an, die wohlwollend akzeptiert wurden. Später bedeckte er seine hellbraunen Haare wieder mit einem Handtuch. Nur konnte er dieses weit und breit nicht wässern. Gegen die unerbittliche Sonne half es trotzdem.

«Ihr solltet das Gleiche tun, sonst liegt ihr sehr schnell kotzend im Graben. Wenn ihr erstmal einen Sonnenstich habt, werdet ihr wissen, was ich meinte.

Jule wollte ihrem Lehrer nicht mehr widersprechen. Sie kramte ebenfalls ein Handtuch aus ihrem Rucksack und band es sich um, wie sie es von ihrer Oma kannte, wenn die ein Kopftuch trug.

Auch Linus musste niemand zweimal bitten. Im Nu lachte *Hello Kitty* von seinem Kopf.

«Cool, wir sehen aus wie Geschwister!»

«Jooohhh, Bruder», entgegnete es ihm lachend.

Auf dem Weg Richtung Warnitz lasen die Schüler und ihr Lehrer folgende auf dem Asphalt geschriebene Botschaften.

Jule und Friedemann – die größte Liebe für immer.

Ein paar Meter weiter stand:

Mein Kuschelhase, auch wenn wir gerade getrennt sind, unsere Herzen sind vereint.

Zwei leichte Auf- und Abstiege später schrieb jemand:

«Mein Mausbär, du bist mein Leben! Ich würde für dich sterben!»

Schweigend lief die Gruppe über alle Statements hinweg.

Dann wusste niemand, wie es weitergehen sollte. Dabei führte der Weg eigentlich geradeaus. Doch der Asphalt war nicht mehr vorhanden. Vor dem Lehrer und den beiden Schülern befand sich nur noch eine Mischung aus Sand und Steinen. Herr Seifert wusste sicher, dass dies niemals der Weg Richtung Ostsee sein konnte. Schließlich recherchierte er vorher ausführlich die Wanderstrecke und von einem Sandweg mit großen Steinen stand nirgendwo etwas geschrieben. Der Sandweg führte zu einer Brücke, die wenig einladend wirkte. Niemals war dies der richtige Weg. Alle Drei begaben sich zurück zur letzten Abzweigung. Dort lag ein großer, grauer Stein. Auf dem waren zwei Pfeile markiert. Der eine Pfeil zeigte in die Richtung, aus der sie kamen. Über diesem prangte das Wort *Berlin*. Der zweite Pfeil zeigte in die entgegengesetzte Richtung. Da drüber stand *Usedom*. Eine Halbinsel an der Ostsee, die das erklärte Ziel war. Immer wieder liefen die Drei zurück, wo der Asphalt endete. Dann wieder zurück zum Stein mit den Markierungen *Berlin* und *Usedom*.

«Was machen wir jetzt?», fragte Jule. Linus zuckte mit den Schultern. Herr Seifert befreite seinen Rücken vom Gepäck, das im Gras landete und rief aus voller Kehle «Scheiße!» Die beiden Jugendlichen wussten, dass sie ihren Lehrer, der nun am Wegesrand hockte, in den nächsten Minuten lieber nicht mehr ansprechen. Kurz darauf lief Herr Seifert den sandigen Weg entlang. Richtung Brücke. Er warf einen verzweifelt Blick Richtung Horizont, ehe er zurück zu den Schülern lief.

«Verdammte Scheiße!» Der Lehrer bestand jetzt nur noch aus Verzweiflung und Wut.

«Das gibts doch nicht!»

«Vielleicht warten wir, bis uns jemand entgegenkommt oder überholt. Den können wir dann fragen.» Dem Lehrer gefiel Linus Idee. Gemeinsam warteten sie auf Personen, die sie ansprechen konnten.

Jede Minute der anschließenden Stunde ließ im Seifert die Sicherheit wachsen, dass man irgendwo falsch abbog. Sie hatten sich verlaufen!

«Okay! Wir brechen ab!» Linus und Jule starrten einander verdattert an.

«Wir gehen an der letzten Abzweigung Richtung Hauptstraße und suchen den nächsten Bahnhof.»

Kurz darauf liefen beide Schüler, mit ihrem Gepäck beladen, dem Seifert hinterher.
Sie haben ihr Ziel nicht erreicht. Und weil Jule von Beginn an das Projekt gar nicht wollte, war sie nun umso überraschter, dass sie traurig über den Entschluss ihres Biologielehrers war.
Die Woche war vorüber!
Nach drei Tagen!
Leise fragte Jule, was eigentlich mit Friedemann wäre. Ohne sich umzudrehen, antwortete ihr Lehrer nur, dass der zur Not schreie, dass man es bis Afrika hört und irgendwer wird ihm dann schon helfen.

An der Hauptstraße endete der Weg. Die Gruppe musste eine Entscheidung fällen.
Rechts oder links lang.
Der Lehrer warf ein 5ct-Stück in die Luft. Zahl hieß links, das Blatt auf der Rückseite rechts. Die Münze entschied sich für die rechte Seite.
Nach nur einigen hundert Metern Fußweg erreichten die Drei ein altes Backsteingebäude, vor dem einzelne Autos parkten. Der Wilmersdorfer Bahnhof. Linus zeigte auf die roten Doppelstockwagen, die, immer langsamer werdend, hinter dem Gebäude verschwan-

den. Jule, Linus und ihr Lehrer mobilisierten die letzten Kräfte, rannten zum Eingang des Backsteingebäudes und griffen nach der Tür.

Verschlossen!

Rechts stand eine Mauer, also musste es links Richtung Bahnsteig gehen. Sie rannten, so schnell es die schweren Rucksäcke zuließen. Der Seifert schrie dem Zugbegleiter ein lautes «Ey» entgegen und wedelte mit der Hand. Dieser hob die Kelle, wartete aber noch mit dem Pfiff. Dann sprang erst Jule, im Anschluss Linus und zum Schluss der Lehrer in den Zug. Die beiden Schüler blieben im Türbereich stehen, der Seifert erklomm die Treppe Richtung Oberdeck. Hauptsache weg vom Fahrkartenkontrolleur. Oben blieb er stehen und sagte zu den Schülern, dass sie sich im Zug aufteilen sollten. Sie hatten keine Fahrkarten. Wenn der Schaffner kam, sollten die Schüler an ihm vorbeigehen. So, als gingen sie aufs Klo. Den Rucksack sollten sie irgendwo abstellen. Den klaut schon niemand. Für Herrn Seifert zählte einzig, dass sie im Zug zurück nach Berlin saßen.

Der Zug setzte ratternd seine Fahrt fort. Jule und Linus blieben zusammen. An Fahrrädern und Koffern vorbeischlängelnd, erreichten sie den vordersten Teil der Bahn und standen plötzlich vor der überdimensionalen Tür des Behinderten-WCs. Jule drückte auf den grünen Türknopf.

«Komm, lass uns hier reingehen. Haben wir wenigstens unsere Ruhe.»

«Also nein! Das gibt es ja nicht! Diese verdorbene Jugend.» Linus folgte Jule durch die WC-Tür und grinste dabei die Oma an, die auf einem der Klappsitze gegenüber der Toilette saß und einen Gehstock in der Hand hielt.

Jule kauerte auf dem Boden. Sie verlor zwar ihr Handy, aber dafür auch Friedemann. Und in ihr tobte die Vorfreude auf Berlin, auf ihren Vater und auf eine heiße Pizza mit Thunfisch. Selbst die Aussicht auf Dinkelburger taten der Freude keinen Abbruch. Plötzlich klopfte es an der WC-Tür.

«Also nein! Sowas habe ich noch nicht erlebt. Andere Menschen müssen auch mal auf die Toilette und die machen da Schweinkram drin. Unerhört!» Jule starrte Linus mit großen Augen an. Der Junge gab auf einmal komische Geräusche von sich. Er stöhnte immer lauter.

«Ja komm, gibs mir richtig! Richtig heftig, bitte, ja!» Entsetzt stellte die alte Frau das Klopfen mit ihrem Gehstock wieder ein.

Jetzt begriff Jule. Sie lachte laut los.

«Weißt du was?»

«Bestimmt weiß ich was», antwortete Jule.

«Ich hatte noch nie so eine coole Freundin wie dich. Und ich hab dich total lieb.»

Das Mädchen kroch an Linus heran und legte wieder ihren Kopf auf seine Schulter.

«Best friends forever, Alter! Ist doch total egal, ob Fauna und Flora in der Pampa oder Fauna und Flora auf der Zugtoilette. Hauptsache, bald wieder Berlin!»

In diesem Moment ertönte die Ansage, dass der Zug nun Warnitz erreichte. Was das für Jule, Linus und ihren Lehrer hieß, ahnte niemand.

Die Schüler saßen schweigend und aneinandergekuschelt auf dem Boden der Behindertentoilette. Die Beine bequem von sich gestreckt. Minuten vergingen. Der Zug verließ den Warnitzer Bahnhof. Kurz darauf donnerte es wieder an der Tür. «Aufmachen! Fahrkartenkontrolle!»

Die Jugendlichen zuckten zusammen.

«Fuck!»

«Alles gut», sprach Linus. Er stand auf und betätigte den Knopf, um die Tür zu öffnen. Vor Ihnen stand ihr Lehrer mit dem Zugbegleiter. Dieser fragte, ob es sich bei Jule und Linus um die vermissten Schüler handelte.

«Was macht ihr für Sachen? Niemand hat gesagt, dass ihr euch auf der Toilette verstecken sollt.»

«Ich danke Ihnen für den Tipp!», sprach Herr Seifert zur alten Dame, doch die fuhr den Lehrer entrüstet an.

«Sie Tunichtgut, was glauben Sie, was diese beiden da drin taten? Eine Sauerei haben die gemacht. Also nein, diese Jugend von heute.» Jule legte ihre Hand auf Linus Schulter.

«Echt mal, noch nie hat es mir jemand so heftig besorgt, wie du. Du bist voll der Stecher!»

———————————————

«Ich habe es eurem Lehrer bereits erklärt. Ihr sitzt nicht im Zug nach Berlin. Ihr fahrt in die entgegengesetzte Richtung.»

«Und was ist mit den Fahrkarten?», fragte Linus. Sein Lehrer erzählte, dass er die Tickets im Zug nachkaufen konnte, weil es an dem Bahnhof, wo die Gruppe den Zug bestieg, keine Möglichkeit gab, ein Ticket zu kaufen.

Herr Seifert änderte erneut den Ablauf des Projektes. Er wollte nun mit dem Zug bis Anklam fahren und von dort weiter Richtung Ostsee laufen. Die drei setzten sich auf einen der wenigen freien Sitzplätze. Linus legte seinen Kopf gegen das Fenster und schlief ein. Jule und ihr Lehrer saßen sich schweigend gegenüber. Beide hätten Papierkügelchen aus drei Metern Entfernung in Linus Mund werfen können. Leise döste der vor sich hin. Das inzwischen die Polizei den Zug betrat, bekam niemand mit. Dann hielt Jule sich die Nase zu.

«Oh Linus, nicht schon wieder!» Doch Linus schlief.

«Woaw, Respekt Linus!» Der Seifert hielt mit seinem Daumen und seinem Zeigefinger die Nase zu. «Was für eine Duftmarke!» Dann stand er auf. «Komm, wir gehen lieber mal gucken, ob es irgendwo etwas zu Essen gibt.»

Zwei Wagen weiter entdeckten Jule und ihr Lehrer neben der 1.Klasse einen defekten Kaffeeautomaten. In dem Moment kroch ein immer deutlicheres Geheul in ihre Ohren. Was Jule nicht wahrhaben wollte, sprach ihr Lehrer aus. «Da schreit jemand nach dir!» Beide wussten, wer da schrie und jämmerlich weinte.

«Der tickt doch nicht richtig!» Jule kehrte um. Sie wollte zurück zu ihrem Platz. Da wurde ihr bewusst, dass jetzt ihre große Chance kam, dem Seifert zu beweisen, dass sie aus ihrem schlechten Benehmen lernte. Also erklomm sie mit ihrem Lehrer die Treppe zum Oberdeck. Was sie dann sahen, bedeutete großen Ärger, weshalb beide am liebsten wieder umgedreht wären.

Jule und Herr Seifert glaubten es nicht.

In der Mitte des Oberdecks hockte Friedemann vor zwei Männern in Uniform, klebte an einem der Beine wie ein Hund und winselte mal um Gnade oder schrie nach Jule.

Herr Seifert ahnte, was passiert ist.

Als Lehrer trug er, während der Projektfahrt, die Verantwortung für Friedemann. Im schlimmsten aller Fälle hatte das, was er und Jule sahen, böse Folgen. Und wenn er an die Begegnung mit Friedemanns Vater vom Montag zurückdachte, saß er bereits auf einem dieser mit lederbezogenen Stühle. Im Dämmerlicht auf einem Polizeirevier. Wo er dann Rechenschaft darüber ablegen musste, warum Friedemann allein unterwegs war. Und was sollte er dann sagen? Das Friedemann eine Nervensäge ist und alle froh waren, dass er weg war?

Am anderen Ende des Oberdecks tauchte Linus auf. Zaghaft lief der auf Friedemann und die Polizisten zu. Dem Lehrer war klar, dass er spätestens jetzt dazukommen musste. Linus kniete vor Friedemann und sagte: «Ey, cool! Schön, dass wir dich wiederhaben. Wir haben dich überall gesucht.» Einer der Polizisten schubste Linus weg und raunte forsch, er solle sich gefälligst verpissen und das hier gehe ihn rein gar nichts an.

«Das geht ihm sehr wohl etwas an. Es handelt sich hier um einen Mitschüler und ich bin der Lehrer dieses Jungen. Was gibt es für ein Problem?»

Während ein Polizist schweigend danebenstand, giftete der andere nun Richtung Lehrer.

«Ach, Sie sind der Lehrer? Dann erklären Sie mir doch mal, warum das Ding hier», der Polizist schaute verächtlich hinunter zu Friedemann, «keinen gültigen Fahrausweis hat?»

«Dieses Ding ist ein Mensch wie Sie und ich. Das sollten Menschen wie Sie am besten wissen.» Der Polizist trat zornig einen Schritt auf Herrn Seifert zu und meinte, dass ihm ein Lehrer, der nicht einmal seiner Aufsichtspflicht nachkäme, nicht sagen müsse, was er zu wissen habe.

«Vielleicht klären sie mich erstmal darüber auf, was es für ein Problem mit unserem Schüler gibt.» Dass Friedemann keine Fahrkarte hatte, überhörte der Seifert vorhin.

«Mit ihrem Schüler gibt es kein Problem mehr. Das Problem haben Sie jetzt. Sie haben nicht dafür gesorgt, dass ihr Schüler eine gültige Fahrkarte hat. Also werden sie wegen Schwarzfahren belangt. Außerdem werden sie eine Anzeige bekommen wegen Vernachlässigung der Aufsichtspflicht. Ihren Ausweis!»

Jule starrte geschockt zu ihrem Lehrer. Friedemann riss seine Augen auf. Mit einem aufgesetzten Lächeln kramte Herr Seifert seine Geldbörse aus der Hosentasche. Er zog seinen Ausweis heraus. In ihm brodelte es gewaltig. Es gelang ihm aber, die Ruhe zu bewahren.

«Sonst noch was? Möchten Sie gar nicht wissen, von welcher Schule wir sind? Ich meine, bei ihrem Theater hier sollte doch mindestens eine Beschwerde beim Schulamt über mich drin sein.»

Zwischen dem Gesicht des Lehrers und dem des Polizisten passte jetzt nur noch der Knoblauchgeruch, den der Lehrer wahrnahm. Der Polizist drohte, ihn mit auf die Wache zu nehmen und die Schüler auf seine Kosten von den Eltern abholen zu lassen. Mit auf die Wache zu müssen, war das Letzte, was der Lehrer wollte. Doch auch das ließ er sich nicht anmerken.

«Super! Eine Polizeiwache habe ich noch nie von innen gesehen. Wir holen unser Gepäck. Wir sehen uns auf dem Bahnsteig!?»

———————————

Auf dem Weg zum Gepäck roch der Seifert statt Knoblauchgeruch des Polizisten die große Chance. Im Türbereich stand der Zugbegleiter. Herr Seifert erklärte ihm, dass der Junge ohne Ticket ebenfalls zu seiner Gruppe gehörte und hoffte erneut auf dessen Verständnis. Kurz darauf tauschte der Seifert Geld gegen Fahrschein für Friedemann und die Gruppe ging erst einmal zu ihren Sitzplätzen.

«Wie kommen wir aus der Nummer mit den Polizisten wieder raus? Die werden niemals so mit sich reden lassen, wie der Kontrolleur.»

Der Lehrer erklärte Jule, dass er die Polizisten mit ihren eigenen Waffen schlagen möchte.

«Wir tun das, was wir sagten. Wir werden aussteigen. Setzt euer Gepäck auf.»

Linus wirkte angespannt. Jules Knie zitterten. Linus streichelte ihren Arm und sagte, dass alles gut ist. Der Seifert gab ihm Recht und schien es kaum erwarten zu können, den Polizisten eins auszuwischen.

Der Zug hielt, die Tür öffnete und alle drei standen auf dem kleinen Bahnsteig. Doch keine Spur von den Polizeibeamten. Bevor die Türen wieder schlossen, sprangen Linus, Jule und der Seifert zurück in den Zug.

«Wartet hier», flüsterte der Lehrer leicht knurrend, stellte seinen Rucksack zwischen den Schülern ab und lief schnellen Schrittes zu Friedemann.

Der saß noch immer wimmernd auf dem Boden. Seine Hände trugen nun Metallgeschirr. Die Polizisten standen etwas abseits und plauderten miteinander.

«Entschuldigung die Herren! Ich möchte Ihre Plauderei ungern stören, aber ich freute mich bereits auf Brot und Wasser auf Ihrer Wache. Stattdessen stehen Sie hier, halten Schwäzchen und lassen uns am Bahnsteig stehen. Das hätte ich von Polizisten niemals erwartet.»

«Pass mal auf, Du Wichser! Wir tun hier, was wir wollen. Klar?» Wieder atmete der Seifert den Geruch von

Knoblauch ein.» Der Lehrer kämpfte mit seinen Knien, die weich wie Pudding waren.

«Ich fordere Sie auf, die Handschellen von meinem 14-jährigen Schüler zu nehmen.»

«Verpiss dich!» Mit diesen Worten trat der Polizist nun so nah an den Seifert heran, dass dieser Mühe hatte, das Gleichgewicht zu halten. Der Lehrer glich jetzt einem Vulkan, der nicht ausbrechen durfte. Denn dann wäre auch seine Angst sichtbar geworden.

«Verpiss dich, Wichser!» Dem Seifert blieb keine Wahl. Er schlich aus dem Blickfeld der Herren in Blau, erhöhte damit aber auch die Lautstärke von Friedemanns Gewimmer.

Der Lehrer saß auf der untersten Stufe der Treppe. Diese Polizisten! Nicht einmal mit sich reden ließen die. Der Lehrer wusste, dass er die Verantwortung für Friedemann trug. Deswegen war es ihm wichtig, den Jungen aus diesem Kladderadatsch zu befreien. Nur wie? Es musste eine Lösung her. Schnell!

Aus dem Nachbarwaggon erschien der Zugbegleiter. Der Lehrer fragte, wie lange die Fahrt noch bis Anklam dauern würde. Der Zugbegleiter antwortete, dass der Zug noch einmal in Ducherow hält und dann Anklam folgt. Dem Lehrer lief die Zeit davon. Aus purer Verzweiflung wurden seine Augen wässrig. Mit seiner linken Hand wischte er über sein Gesicht.

«Scheiße! Elende Scheiße», nuschelte er verzweifelt.

Der Zug verließ bereits den Ducherower Bahnhof. In diesem Moment kam dem Seifert eine Idee, die so einfach wie absurd war. Nur wenn die Polizisten ihn erwischen, würden sie ihn vermutlich dem Erdboden gleichmachen. Das Risiko musste er eingehen.

Langsam schlich er die Treppe wieder hinauf. Friedemann lag noch immer wimmernd auf dem Boden. Der Lehrer ging zwischen den Sitzreihen immer wieder in Deckung, bis er in Friedemanns Hörweite hockte.

«Friedemann! Psst!» Der Schüler schaute irritiert, bis sein Blick den des Lehrers traf.

«Hey! Steh auf und komm mit!» «Was haben Sie gesagt?», hallte es zurück. Am liebsten hätte Herr Seifert mit der Hand gegen seine Stirn geschlagen. Er scheute es, zu den Polizisten zu schauen. Friedemanns Worte mussten die Herren in Uniform gehört haben. Aus dem Lautsprecher kündigte der Zugbegleiter an, dass der Zug in Kürze Anklam erreicht. Das bewog den Lehrer, endgültig alles zu riskieren. Er kroch hinter den Sitzen hervor und ging zu Friedemann. Er reichte dem Jungen die Hand und zog ihn nach oben. Mit Friedemanns Gepäck ging er mit dem Schüler zur Treppe. Immer in der Gefahr, entdeckt zu werden.

Der Lehrer lachte. Der einfachste Plan funktionierte. Er öffnete die erste Tür, dann die zweite Tür und schon betraten beide den nächsten Waggon und erreichten Jule und Linus.

«Ich hätte nie gedacht, dass mal zu sagen, aber ich freue mich, dass du wieder bei uns bist.»

«Ohhh, das ist sooo lieb von dir. Ich würde dich jetzt sooo gerne in den Arm nehmen, wenn es ginge.»

«Wir lassen dich sicherheitshalber noch gefesselt.» Jule klopfte Friedemann auf die Schulter und erntete für ihre Worte ein Lächeln des Lehrers.

Der Zug erreichte Anklam. Der Seifert schaute aus der Tür. Er rechnete damit, dass die Polizisten Ausschau nach Friedemann hielten. Aber niemand war zu sehen. Dann schlichen erst Linus, Jule, der Seifert und zum Schluss Friedemann aus dem Zug. Die Türen schlossen hinter ihnen. Der Zug fuhr ab und nahm die Angst, von den Polizisten entdeckt zu werden, mit.

———————

Herr Seifert stellte beide Rucksäcke ab und nutzte seinen als Sitzmöglichkeit. Dabei atmete er lauthals aus. Linus umklammerte Jule liebevoll und sagte, dass jetzt alles gut wäre. Friedemann stand neben ihnen und ließ Linus wissen, dass er nur Glück hätte, denn wenn er keine Handschellen um hätte, gäbe es Prügel. Jule tippte Friedemann auf die Schulter und hauchte ein ironisches «Mach mal» in seine Richtung.

Erneute Planlosigkeit plagte den Lehrer. Er wusste nicht, wo die Gruppe heute schlafen oder ob man doch den direkten Zug in die Gegenrichtung nehmen sollte. Er entschied, nach der nächst besten Schlafmöglichkeit Ausschau zu halten.

Alle vier trotteten die Anklamer Bahnhofstraße entlang, bogen auf die Pasewalker Straße ab und liefen immer geradeaus. Nach nicht einmal einem Kilometer erreichten sie den Neuen Markt. Herr Seifert hatte keine Lust, stundenlang nach einem Imbiss zu suchen. Er fragte die ersten Menschen, die er traf, wo man ein warmes Essen bekommen konnte. Ein gebrechlicher Herr meinte, direkt vor ihnen stünde eine Pension, wo man auch speisen könne. Linus und Jule waren von dem Gedanken an ein warmes Bett und leckerem Essen sofort Feuer und Flamme. Herr Seifert auch, doch das ließ er die Schüler nicht wissen. Er forderte für die Übernachtung in der Pension einen Kompromiss. Er wollte die restliche Strecke bis zur Ostsee zu Fuß schaffen. In einer Tour. Nur ahnten die Schüler nicht, dass der Weg dorthin noch mehr als 40 km betrug.

Der Lehrer stand mit den drei Schülern vor dem Tresen der unbesetzten Rezeption. Jule drückte immer wieder auf die silberne Glocke, über der geschrieben stand: *Bitte klingeln!*
«Jule, sie werden es gehört haben.»
«Warum kommt dann niemand?»

Minuten später erschien ein mittelalter Herr mit gegeltem Haar und im Anzug gekleidet auf der anderen Seite des Tresens. Herr Seifert schilderte das Anliegen der Gruppe, doch der gutgekleidete Herr schaute ihn nicht an. Stattdessen betrachtete er Friedemanns Hände,

die noch im immer in Handschellen lagen. Dann ließ
der Herr den Seifert wissen, dass die Pension keine
Schulklassen aufnehmen könne. Selbst der Einwand,
dass drei Schüler doch keine Schulklasse ergäben, wurde mit der Begründung abgeschmettert, dass das Haus
bereits ausgebucht sei. Dem Seifert fehlten die Worte.
Jule kochte vor Wut, weshalb sie einen fiesen Blick
auflegte. Linus beruhigte sie mit freundlichen Worten,
während Friedemann erneut darauf aufmerksam machte, dass der gut gekleidete Herr was erleben würde,
wenn denn seine Hände nicht in Fesseln lägen.
«Bitte verlassen sie unser Haus!» Der Lehrer wusste,
dass es sinnlos war, weiter zu diskutieren. Er nickte mit
seinem Kopf Richtung Tür. Die Schüler verstanden.

Friedemann sorgte mit seinen Handschellen auch im
Supermarkt für staunende Gesichter. Dort kaufte die
Gruppe Cola, Chips und Würstchen ein. Auf dem
Wühltisch mit den Sonderangeboten entdeckte Herr
Seifert eine Rolle Draht. Die packte er in den Ein-
kaufswagen.
«Ich wette mit euch, dass ich mit dem Draht in 10 Se-
kunden die Handschellen öffne. Friedemanns Jubel-
schreie dröhnten durch den Laden. Jule drückte mit
ihrer Körperhaltung Skepsis aus.

«Okay Jule, wenn ich es schaffe, Friedemann mit dem Draht in 10 Sekunden die Handschellen zu öffnen, laufen wir die ganze Nacht hindurch bis zur Ostsee.»

«Moment, damit bin ich ja doppelt bestraft», entgegnete das Mädchen.

«Aber ich kann ja nicht gegen mich selber wetten», sprach der Lehrer.

«Okay, aber wenn Sie es nicht schaffen, was ist dann?» Der Lehrer überlegte.

«Dann zahle ich deine Hochzeit mit Friedemann!» Selbst Linus hatte Schwierigkeiten, ein Lachen zu unterdrücken. Jule wendete sich genervt von ihm und dem Lehrer ab. Dann kam ihr die Idee.

«Wenn Sie es nicht schaffen, müssen Sie dafür sorgen, dass Friedemann in eine andere Klasse kommt.» Der Seifert strahlte absolute Sicherheit aus. Nur Friedemann warf die Frage in den Supermarkt, wie Jule ihm das nur antun konnte.

«Friedemann, lass das mal meine Sorge sein.» Das schelmische Grinsen vom Seifert zog sich über das gesamte Gesicht. Friedemann kniete vor dem Lehrer, presste die Kette der Handschellen gegen dessen Hosenbein der hellblauen Jeans und flehte, sein Leben um Gottes willen nicht sinnlos werden zu lassen.

«Noch sinnloser geht es ja gar nicht mehr!» Dem Seifert blieb Jules Gemurmel nicht verborgen.

«Jule, komplett sinnlos ist sein Leben erst, wenn ihr euch das Ja-Wort gegeben habt.»

Die Vier saßen auf einer Bank nahe der Brücke, unter der das kleine Flüsschen Peene plätscherte. Der Durst und der Hunger wurden gestillt, bis Herr Seifert feierlich die Drahtrolle in den Anklamer Sonnenuntergang hielt. Ohne ein weiteres Wort sprang Friedemann auf. Halb fordernd, halb aufdringlich hielt er seinem Lehrer die Handschellen vors Gesicht. Jule schaute gespannt auf die Uhr!

Sekunde 1: Der Anfang der Drahtrolle wurde vom Seifert zwischen Zeigefinger und Daumen genommen.

Sekunde 2: Der Lehrer führte den Drahtanfang Richtung Handschellen.

Sekunde 3: Friedemann zuckte zurück.

Sekunde 4: «Hab dich nicht so. Oder glaubst du, das tut weh?»

Sekunde 5: Linus griff Friedemanns Arme.

Sekunde 6: Herr Seifert schaute, ob der Verschluss sich an dem linken oder rechten Verbindungsstück befand.

Sekunde 7: Friedemann schrie auf.

Sekunde 8: Linus griff fester nach Friedemanns Armen und hielt sie seinem Lehrer hin.

Sekunde 9: Der Draht wurde ins Schloss eingeführt.

Sekunde 10: Der Draht drückte kurz gegen die Einrastfunktion, die normalerweise vom Schlüssel betätigt wird und öffnete die Handschellen.

Es folgte ein ohrenbetäubendes «Jaaaaaaaaaaa» von Friedemann.

«Das waren schon elf Sekunden», versuchte es Jule mit einer Lüge. Doch es hatte keinen Sinn. Sie musste mit den anderen die Nacht durchlaufen. Was nicht ihr einziges Problem war.

Friedemann lief schnellen Schrittes, mit offenen Armen und Kussmund, auf das Mädchen zu. Der Seifert roch den Braten bereits und legte sich die nächste Ansage für Friedemann zurecht. Er schob sich demonstrativ zwischen Jule und ihrem Verehrer. Doch schloss der Junge inzwischen erwartungsvoll seine Augen. So drückte er dem Lehrer einen Kuss in dessen angewidertes Gesicht. Jule und Linus glaubten nicht, was sie sahen.

Aus der geplanten Ansage wurde ein Wutschwall an Worten, der Friedemann auf die Knie zwang. Jule empfand ein wenig Gerechtigkeit, doch dieses Gefühl hielt nicht lange. Noch nie erlebte sie ihren Biologielehrer so wütend. Linus überlegte, den Seifert zu beruhigen. War aber nicht nötig, denn die Worte des Lehrers ließen wieder von Friedemann ab. Einzig ein wütendes Augenpaar nagelte den Jungen weiter auf dem Gehweg fest.

Friedemann rappelte sich dann auf und murmelte: «Es tut mir leid. Wirklich.» Der Lehrer holte Luft, wollte etwas sagen, kam aber nicht dazu. «Aber ich liebe Jule nun mal so sehr!» Der Seifert drehte genervt ab und bat Jule und Friedemann, ihre Rucksäcke aufzusetzen.

«Ich möchte einen Moment allein sein. Lauft ruhig schon vor.» Jule und Linus liefen los. Ihr Lehrer folgte. Als Letzter lief Friedemann. Der sang nach wenigen Schritten und mit trauriger Stimme:

Du, du liegst mir im Herzen,
du, du liegst mir im Sinn.
Du, du machst mir viel Schmerzen,
weißt nicht, wie gut ich dir bin.
Ja, ja, ja, ja, weißt nicht, wie gut ich dir bin.

Bewusst atmete Herr Seifert tief ein und aus. Er hatte Mühe, ruhig zu bleiben und drehte sich um.

«Friedemann!» Der Junge zuckte verängstigt zusammen.

«Friedemann, wir sollten uns mal unterhalten. Es muss sich nämlich sehr schnell etwas ändern, sonst passiert hier bald etwas Schlimmes!» Der Lehrer wurde von seinem Schüler mit aufgerissenen Augen angeschaut. Diesen Gesichtsausdruck kannte der Seifert inzwischen.

«Friedemann! Lass uns reden! Wir können dabei auch gerne weitergehen.» Der Junge lief, übertrieben eingeschüchtert, neben seinem Biolehrer die Greifswalder Straße entlang. Richtung Peenetal.

Im Peenetal wollte Herr Seifert einen langen Vortrag über die dortige Fauna und Flora halten. Nun hielt er Friedemann einen Vortrag über die Liebe.

«Weißt du. Friedemann, die Liebe ist etwas Wunderbares. Liebe muss wachsen. Das verlangt Zeit und Mühe. Stelle dir vor, die Liebe ist ein Baum. Sie muss erst gepflanzt werden, um langsam wachsen und gedeihen zu können. Aber du pflanzt keinen Baum. Du schmeißt den Wurzelknollen hin und erwartest, dass der Baum von alleine wächst. Oder das der Baum schon fertig ist.»

Friedemann wendete seine Augen nicht mehr von seinem Lehrer. Dieser hoffte inständig, dass Friedemann verstand, was er ihm sagen wollte. Doch diese Hoffnung wurde sofort weggeblasen.

«Aber Sie sind doch ein Uranist.»

«Was bitte?»

«Na ein Homosexueller!»

«Was hat das jetzt bitte damit zu tun?»

«Herr Gerlach hat gesagt, dass Uranisten krank sind. Die wissen nicht, was Liebe ist.»

Herr Seifert konnte nicht mehr. Dieser Junge schaffte es, ihm die Sprache zu rauben. Beide liefen schweigend nebeneinander her, bis eine große Straße den Weg kreuzte. Herr Seifert blieb stehen.

«Weiß dein Vater, also Herr Gerlach, wie du ihn nennst, was Liebe ist?»

«Ja. Er hat ja eine Frau. Also alles normal.»

«Und wenn sich zwei Männer lieben, ist das nicht normal?» Friedemann schüttelte voller Überzeugung den Kopf.

«Das ist ja das Schlimme. Das ist krank. Hat Herr Gerlach selbst gesagt.»

Herr Seifert bereute es, dieses Gespräch auch nur begonnen zu haben.

«Wissen Sie, Sie tun mir leid.»

«Ja? Weil ich schwul bin?»

«Ja, und weil es gegen diese Krankheit keine Medizin gibt.»

«Stimmt! Genauso schade ist es, dass es gegen Dummheit keine Tabletten gibt.»

«Ja, das wäre schön. Dann hätte Jule endlich ein Mittel gegen ihre Dummheit und sie würde verstehen, dass es für sie keinen Besseren als Super- Friedemann gibt.»

Jule durchkämmte mit Linus das Dickicht des Peener Urstromtales. Das Mädchen bat den Jungen um sein Smartphone, welches dieser ohne Zögern überreichte. Er wusste noch nicht, was Jule vorhatte. Trotzdem wies er seine beste Freundin auf die schwache, nur noch einstellige Akkuanzeige hin. In der Joachimstaler Pension konnte Linus Mobiltelefon ja nicht geladen werden, da es über Nacht in Jules Zelt lag.

«Ich will es noch einmal probieren, diese falsche Schlange zu erreichen.» Sie wählte Ingas Nummer und hielt den überdimensionalen Sprechapparat ans linke Ohr. Es klingelte mehrere Male langsam hintereinander. Ingas Handy war also wieder auf *on*. Aber nicht nur das. Plötzlich ertönte ein «Ja?» Linus erkannte an Jules Gesichtsausdruck, wie überrascht und gleichzeitig verärgert sie war. Er nahm ihr sachte das Handy aus der Hand, hörte selber noch ein «Wer ist denn da?» und betätigte den roten Telefonhörer auf dem Display.

«Klang ja mächtig krank!»

«Mach dir nichts draus. Wenn sie mitgekommen wäre, hätte sich zwischen uns wahrscheinlich keine Freundschaft entwickelt.» Jule nickte.

Gemeinsam schmiedeten beide einen Plan, wie sie Rache an Inga nehmen konnten.

«Vielleicht sollten wir sie mit Friedemann verkuppeln!», meinte Linus scherzhaft. Doch diese scherzhafte Idee stieß bei Jule auf offene Ohren. Sie schlug vor, ihrer ehemaligen Freundin Liebesnachrichten zu senden. Von Linus Handy. Seine Nummer kannte Inga nicht und ihr eigenes Telefon hat sie ja verloren.

«Ist schon fies», kommentierte Linus seine eigene Idee mit einem Lächeln im Gesicht.

«War doch deine Idee. Aber mal im Ernst! Diese falsche Schlange hat doch nichts anderes verdient.»

Linus gab Jule recht. Er nahm sein Handy, öffnete den Kurznachrichtendienst und schrieb an Inga: *Hallo Süße, ich liebe dich! Willst du mehr wissen? Melde dich.*

Die Antwort folgte keine zwei Minuten später. Inga schien egal, von wem die Message kam. Sie schrieb, dass sie bereits verliebt sei, weswegen sie kein Interesse an anderen Jungs habe.

Linus fragte Jule, in wen Inga denn verknallt wäre, doch sie wusste darauf keine Antwort.

Linus schrieb zurück: *Es gibt gar keinen Besseren als mich. Für dich. Vergiss alle anderen. Nur ich bin der Richtige.*

Wer bist du?

Jemand, der komplett in dich verschossen ist. Vergiss die anderen Jungs.

Damit gab sich Inga nicht zufrieden. Sie wollte einen Namen. Linus und Jule besprachen, ob sie direkt mit *Friedemann* antworteten. Doch sie wollten Ingas Geduld eigentlich noch etwas strapazieren. Jules ehemalige beste Freundin ließ die unbekannten Schreiberlinge aber schon jetzt deutlich spüren, dass sie allmählich genervt war. Und das Risiko, dass Inga das Schreiben einstellte, wollten Linus und Jule nicht ausreizen.

Versprichst du, auf jeden Fall zu antworten, wenn ich dir sage, wer ich bin?

Ja!

Linus Akkubalken schimmerte bereits rot.
«Hoffentlich hält der noch ein bisschen», sprach Jule.
Linus beeilte sich und schrieb den Namen Friedemann an Ingas Handynummer. Dann folgte nichts.
Jule beobachtete die aufkommende Dunkelheit zwischen den dichten Baumwipfeln. Mit jedem Schritt wurde der Respekt vor dem Wald größer. Eine Brise Angst mischte sich dazu. Unbekannte Geräusche vernahmen sie aus einiger Entfernung. Vermutlich Vögel. Linus nahm Jules Hand und bat seine Freundin flüsternd, unbedingt auf dem Weg zu bleiben. Die ersten Sterne leuchteten am Himmel. Trotzdem sahen beide kaum mehr ihre Hände vor den Augen. Instinktiv liefen sie schneller. Hauptsache auf dem Weg bleiben. In der Nähe der beiden sorgte eine Eule mit ihren Rufen für

Gänsehaut auf Linus Rücken. Jule hielt Ausschau nach ihrem Lehrer. Doch hinter ihr war nichts als Dunkel.

«Halt mal an!»

«Lieber nicht», hauchte Linus verängstigt. Doch er tat es trotzdem.

«Okay, man sieht ihn nicht, aber man hört Friedemanns Stimme näherkommen. Lass uns weitergehen.» Linus klammerte sich mit seinem linken Arm an Jules Hüfte. Gemeinsam liefen sie schnellen Schrittes den Weg weiter durch die dichtbewachsene Peener Flussland- schaft.

Der Wald wurde lichter und kurz darauf von Wiesen und Mooren abgelöst, die die Schüler aber bestenfalls am Geruch hätten erkennen können. Der Weg wurde wieder etwas breiter, doch stockdunkel war es noch immer.

«Weißt du, dass ich Harry Potter hasse?» Linus sprach, starrte dabei aber weiter geradeaus.

«Was? Wie kommst du jetzt darauf?»

«Die Angst hier fühlt sich fast genauso an, wie damals bei diesem Film. Nie wieder Harry Potter und nie wie- der hier sein. Auch wenn ich gar nicht weiß, wo wir überhaupt sind.

«Irgendwo in der Fauna und Flora zwischen Berlin und der Ostsee. Glaub ich!»

«Der Mond ist gar nicht zu sehen», sagte Linus.

«Du hast eine Nachricht bekommen!» Linus schaute kurz überrascht. Mit der Antwort rechnete er nicht. Dann holte er sein Mobiltelefon aus der Hosentasche. Inga hatte geantwortet.

«Krass!»

«Was denn?»

«Richtig krass!» Linus überreichte Jule das Telefon.

Du Wichser! Du Hurensohn! Du denkst, mich verarschen zu können? Das machst du nur einmal, du behindertes Arschloch. Friedemann hat kein Handy. Also hör auf, seinen Namen zu benutzen. Er hat dir nichts getan.

«Hat die zufällig ein paar Probleme?», fragte Linus.

«Nicht nur ein paar!»

Beide liefen weiter Richtung Horizont. Sie besprachen, wie und ob sie darauf antworten sollten. Die Antwort gab ihnen das Handy. Der Akku war leer.

Minuten später kreuzte eine große Straße ihren Weg. Einzelne Laternen spendeten spärlich Licht.

«Lass uns hier auf die anderen warten», meinte Jule. Linus nickte. Seine beste Freundin hielt er noch immer im Arm.

Herr Seifert stapfte durch den Wald. Hinter Friedemann her. Der Lehrer spürte die Anstrengung, mit Friedemann Gespräche zu führen. Er fühlte sich schlapp und müde. Er gab Friedemann keine Schuld für dessen Äußerungen. Der plapperte das nach, was sein Vater von sich gab, weswegen ihm Friedemann inzwischen leidtat.

Dem Lehrer fiel es immer schwerer, seine Augen offen zu halten. Er hätte sich gerne in den nächsten Straßengraben schlafen gelegt und mit Ästen und Blättern zugedeckt. Doch gab es hier im Wald keinen Straßengraben. Außerdem wollte er seine Müdigkeit nicht vor den Schülern kundtun. Er wollte unbedingt durchhalten. Vielleicht kamen sie irgendwann an eine Tankstelle, wo er sich einen extrastarken Kaffee kaufen konnte. Oder er durchschritt diese Phase der Müdigkeit und wenn die dann vorüber ist, würde er sich wieder etwas fitter fühlen. Vielleicht!

Er nahm sein Handy, leuchtete mit der integrierten Taschenlampe zu Friedemann, der vor ihm lief. Kopf nach vorne! Gleichschritt Marsch! Wenn nur kein Wildschwein oder Reh seinen Weg kreuzt.

Der Lehrer zählte in Gedanken die Schritte. Hauptsache wachbleiben.

Kurz darauf erreichten auch sie erst die Wiesen und die große Straße, wo Jule und Linus warteten. Trotz Dunkelheit erkannte die Schülerin, dass tellergroße Ringe die Augen ihres Lehres schmückten. Außerdem wirkten dessen Augen sehr klein. Herr Seifert bemerkte Jules sorgenvollen Blick.

«Geht schon! Lasst uns weiterlaufen.» Das Mädchen zog die Augenbrauen hoch. Sie mochte diese Art bei Menschen nicht. Ihr Vater lehrte sie früh, dass es okay ist, wenn man sich mal schwach fühlt und dies zeigt. Nur dann können andere darauf Rücksicht nehmen. Doch Herr Seifert stand nicht zu seiner Müdigkeit. Jule rätselte, was richtig war. Herrn Seifert auf seine Müdigkeit ansprechen? Oder sollte es ihr egal sein?

Wenig später überquerten alle gemeinsam die große Straße und liefen dem Verkehr entgegen, der um diese Uhrzeit so schwach wie die Müdigkeit des Seifert stark war. Die Augen des Lehrers brannten unangenehm. Mit seinen Händen wischte er über sein Gesicht.
Nur wachbleiben!
Durchhalten!
Irgendwie!
Nach einem weiteren Kilometer überquerten sie die Brücke und erreichten die Insel Usedom. Herr Seifert kam kaum mehr hinterher, stolperte über seine Füße. Die drei Schüler zogen voran, drehten sich aber immer wieder nach ihrem Lehrer um. Jule und Linus diskutierten, was sie tun konnten. Dann mischte sich Friedemann ein. Er sagte, dass so eine Nachtwanderung gar keinen Sinn ergäbe. Dann schläft man halt am Tag, wo man sonst gelaufen wäre. Linus gab ihm recht.
«Nur was sollen wir machen? Wir können ja nicht am Straßenrand zelten!»
Darauf wusste weder Friedemann noch Jule eine Antwort. Die schaute erneut zurück und sah ihren Lehrer im Gras sitzen. Die Schüler liefen zurück. Herr Seifert ordnete eine kurze Verschnaufpause an.
«Wissen Sie was? Sie sind eigentlich ein total cooler Lehrer, aber Ihre Show hier finde ich zum Kotzen. Jetzt ist mir auch egal, ob Sie wieder böse auf mich sind.

Wir sehen alle, dass Sie komplett müde sind. Aber dazu stehen Sie nicht.»

Friedemann stellte seinen Rucksack ins Gras und entfernte sich von der Gruppe. So bekam er nicht mit, dass Jule seine eigenen Worte wiedergab, was die Sinnlosigkeit von diesem Nachtmarsch anging.

Herr Seifert saß im Gras und schielte wie ein kleiner Junge, der etwas angestellt hat, zu Jule nach oben. Dann breitete er seine Arme aus, wie vor Tagen am Bahnhof von Bernau. Jule verstand. Sie ging in die Hocke und nahm ihren Lehrer in den Arm. Linus setzte sich dazu.

«Wenn ihr möchtet, könntet ihr mal im Internet schauen, wo die nächste Übernachtungsmöglichkeit ist. Ich kann leider nicht. Mein Akku ist leer.» Linus Akku war ebenfalls leer und Jule hatte ihr Handy verloren.

«Was meinen Sie, wie weit könnten Sie noch?»

«Seid ihr denn nicht müde?», fragte der Seifert ein wenig verwundert. Die Schüler verneinten energisch.

«Okay, Jule! Hör zu! Ich möchte dir was sagen. Es hat mich total geärgert, dass du noch am ersten Tag bei deinem Vater anriefst und ihm davon berichtet hast, wie schlimm dieses Projekt wäre.» Auf Jule wirkten die Worte ihres Lehrers sehr unangenehm, denn inzwischen wusste sie, dass es unvergessliche Tage waren, die sie erlebte. Vor allem wegen Linus und der entstandenen Freundschaft zu ihm.

«Dein Vater rief bei mir an und ich vereinbarte mit ihm, dass wir in Kontakt bleiben. Wir vereinbarten aber auch...also...Jule...» Herr Seifert konnte ein lautes Gähnen nicht unterdrücken, zog seinen Rucksack heran und kramte aus einer kleinen Seitentasche Jules Handy hervor.

«Könntest du vielleicht im Internet nachschauen, wo wir schlafen können? Du müsstest ja noch Akku haben.» Jule starrte ungläubig auf ihr Mobiltelefon.

«Sei bitte nicht böse. Aber ich wollte nicht zulassen, dass die Eltern zu Hause verrückt gemacht werden. Dein Vater wusste, dass ich dein Handy an mich nahm.» Weiter kam der Lehrer nicht. Jule fiel ihm freudestrahlend um den Hals und begrub den Lehrer unter sich.

20 Minuten später kehrte Friedemann zur Gruppe zurück. Die Botschaft, die er mitbrachte, sorgte für große Freude. An der nächsten Abzweigung lag, einen halben Kilometer entfernt, im Örtchen Zecherin, ein Zeltplatz. Jule gab zu bedenken, dass man dort weit nach Mitternacht bestimmt keine Zelte mehr aufbauen durfte.

«Tja, mein Hasili. Super-Friedemann hat das alles schon geklärt. Man erwartet uns bereits.» Herr Seifert staunte.

«Friedemann, ohne dass jetzt gleich jemand höllisch in dich verknallt ist, lass dir gesagt sein, dass du das wirklich toll gemacht hast.» Linus, und sogar Jule bestätigten die Worte ihres Biolehrers. Friedemann unterdrückte vor Rührung ein paar Tränen.

«Sowas hat mir noch nie jemand gesagt. Ihr seit ja sooo lieb zu mir!»

Der Pförtner des Campingplatzes öffnete die Tür seiner kleinen Behausung und lief der Gruppe entgegen. Trotz Dunkelheit erkannten die Schüler aus der Ferne seine monströs wirkende Brille, die sein aufgequollenes Gesicht fast komplett bedeckte. Vor seinem kleinen untersetzten Körper schob er einen Bauch vor sich her, der so groß wie seine Augengläser schien.

«Und Sie lassen uns tatsächlich spontan hier unsere Zelte aufschlagen?», fragte der Lehrer mehr dankend als skeptisch.

Der Pförtner berichtete daraufhin etwas von einem Jungen, der schlimmer als eine Mückenplage nervte und er doch nichts sehnlicher wollte, als Ruhe.

«Wozu solch eine Mückenplage doch gut sein kann», flüsterte Jule Linus schmunzelnd ins Ohr.

«Sie können es sich auf Platz 2 gemütlich machen. Den haben Sie allein. Das Sanitärhaus steht südlich davon.» Während der Pförtner die S-Laute aussprach, hätte man auch denken können, er stecke der Gruppe seine Zunge raus.

Zügig schlichen die Schüler zum Platz Nummer 2. Der Lehrer schleppte sich, halb schlafend, hinterher.

Nach 10 Minuten standen alle Zelte. Außer das von Jule. Die wollte, Friedemanns gewohntem Protest zum Trotz, bei Linus schlafen. Genauso wie in der ersten Nacht in der Schorfheide.

Linus und seine beste Freundin suchten im Anschluss das Waschhaus auf. Vor allem, um den Akku von Linus

Smartphone aufzuladen. Auf dem Weg dorthin schaltete Jule ihr Handy an. Linus folgte Jule in das Waschhaus für Frauen. Die Schülerin empfing ein paar verpasste Anrufe und unzählige Mitteilungen. Zwei davon stammten von Inga.

Na, alles schick bei dir? Sag mal, hat Friedemann jetzt auch ein Handy? Ich habe gehört, du bist mit ihm unterwegs. Hast du was gesehen?

Mit der zweiten Nachricht folgten drei Fragezeichen.
«Diese blöde Kuh! Wie wäre es denn mal mit einer Entschuldigung? Boah, wenn die mir nochmal unter die Augen kommt.»
Linus schaute Jule fragend an.
«Hier, les doch mal.» Linus nahm das Handy und starrte länger auf das Display, als er zum Lesen brauchte.
«Ich glaube, ihr ist eure Freundschaft genauso egal, wie du ihr egal bist. Sorry, dass ich das so sage, aber auf mich wirkt das so.»
Jules Wut mixte sich mit einer großen Portion Traurigkeit. Sie vergoss Tränen der Enttäuschung. Linus tröstete sie. Inga versetzte sie am Montag und entschuldigte sich nicht einmal. Jule war traurig, weil sie sich in Inga getäuscht hatte. Und wütend auf sich selbst, weil sie viel zu spät merkte, dass ihr die Freundschaft mit Inga viel zu viel bedeutete.
Auf dem Weg zurück zum Platz fanden Jule und Linus ihren Lehrer leise grunzend vor seinem Zelt.
«Was machen wir?», fragte das Mädchen flüsternd.

«Nicht hier liegen lassen. Er wird bestimmt nicht vom Blitz getroffen, aber ich fände das rücksichtslos. Ich möchte auch nicht hier liegengelassen werden. Er macht das ja nicht, weil er es schön findet, unter freiem Himmel zu schlafen. Er hat es einfach nicht mehr ins Zelt geschafft.»

«Ist ja gut, ich habe Sie nicht nach ihrem Lebenslauf gefragt Mr. Moralapostel», stoppte Jule mit einem Grinsen Linus Rede.

Linus strich seinem Lehrer zart über die Wange und flüsterte seinen Namen. Der öffnete die Augen, ohne wirklich wach zu sein. Entfernt hörte er, dass er ins Zelt gehen solle, er sich aufstützen könne. Es erklang der Verschluss des Zeltes. Mühevoll wurde der Lehrer in gebückter Haltung ins Zelt manövriert und lag auf dem Boden. Jule breitete die Isomatte aus. Sie rollte ihren Lehrer, mit Linus Hilfe, herauf und breitete seinen Schlafsack über ihn aus.

———————

Den folgenden Donnerstagmorgen verschliefen alle Projektteilnehmer. Erst kurz vor 11 wachte Herr Seifert auf. Geweckt vom Stimmenwirrwar, welches von den benachbarten Plätzen herüberschallte. Regentropfen klopften gegen die Zeltwände. Der Lehrer lag auf seinem Schlafsack, starrte an die Decke und suchte nach einer Erklärung, wie er ins Zelt kam. Vergebens! Ein schlechtes Gewissen plagte ihn. Er war in der letzten

Nacht nicht mehr in der Lage, seinen Pflichten als Lehrer gerecht zu werden.

Seine Erinnerungen mussten sehr tief graben, um abzurufen, wann er das letzte Mal so müde wie in der letzten Nacht war. Damals, während seines Referendariats. Auf Klassenfahrt mit einer 10.Klasse. Seine Mentorin, Frau Hülsengard-Würfelspitz, befahl ihm, Nachtwache zu halten. Damit, wie sie damals sagte, kein Unfug geschieht. Und das an vier Nächten hintereinander. Den Namen wird Herr Seifert nie mehr vergessen.

Er tastete den Boden nach seinen Duschutensilien ab. Dann hastete er durch den Regen Richtung Waschhaus.

Unter der Dusche glich Herr Seifert einer Topfpflanze, die kurz vorm Verwelken stand und nun, dank jeder Menge Wasser, endlich wieder aufblühte.

Sein nächster Gang führte zum Pförtnerhaus. Ein großer Dank an den Pförtner war das Mindeste, was er dem kleinen dicken Mann mit der großen Brille schuldete. Dort angekommen zog der Lehrer mehrere Male vergeblich an der Tür der Pförtnerloge. Neben ihm las er auf einem braunen Holzschild, dass die Rezeption nur ein paar Meter entfernt lag.

Dort saß dem Seifert eine dicke blonde Frau gegenüber. Ihr Gesicht sah aus, als hätte sie in einem Schminkkasten übernachtet. Die dünne, goldfarbene Brille mit den Aschenbechergläsern fiel da kaum auf.

«Guten Tag. Was bekommen Sie von mir für die Übernachtung?»

«Was meinen Sie? Ach, Sie sind der Lehrer mit den drei Schülern? Die Rechnung ist doch schon bezahlt!»

Herr Seifert schaute halb verwundert, halb fragend.

«Na diese Nervensäge hat mit der Anfrage gleich das Geld auf den Tisch gepackt. Plus Trinkgeld.»

«Wie viel?»

«Wie viel Trinkgeld? Sag ich nicht!»

«Nein, wie viel gab er Ihnen insgesamt?»

«80 Euro!»

«Okay! Ich danke Ihnen vielmals für die Information. Und richten Sie bitte dem Pförtner ebenfalls einen großen Dank aus!»

Dann lief er zurück zum Zelt. Im Kopf Gedanken daran, was als Nächstes zu tun war.

Aus den Augenwinkeln sah der Lehrer Friedemann durch den Regen Richtung Waschhaus flitzen.

Der Seifert wollte dessen Abwesenheit nutzen.

Jule und Linus steckten gerade ihre Köpfe aus dem Zelt. Es regnete immer noch. Bevor beide ihre Köpfe wieder einzogen, rief der Lehrer beiden Schülern entgegen, bitte mit in sein Zelt zu kommen.

Der Lehrer unterrichtete die beiden Freunde vom Besuch beim Pförtner. Linus ließ die Worte seines Biolehrers kommentarlos wirken. Das Mädchen wirkte genervt.

«Das Mindeste ist, sich bei ihm zu bedanken», sprach der Lehrer. Jule hob theatralisch die Arme und fiel wie ein Sack voll Körner nach hinten. Der Lehrer ließ nicht locker.

«Ich weiß nicht, wo wir jetzt wären ohne ihn.»

«Wahrscheinlich schon an der Ostsee», stichelte Jule und schob schnell hinterher: «Nee, nur Spaß. Wir wären auch hier. Dann hätten wir den Platz hier eben ergoogelt.»

«Und du meinst, man hätte uns ebenfalls aufgenommen?» Der Lehrer schaute Jule fragend an. «Lass mich dir die Frage beantworten. Nein! Das haben wir allein Friedemann zu verdanken. Mal unter uns: Er kann nichts dafür, dass er so ist. Ihr habt doch am Montag seinen Vater kennengelernt. Kein Mensch kommt so auf die Welt. Er wird zu dem gemacht, was er ist.» Jule und Linus schwiegen. Sie wussten, worauf der Lehrer hinauswollte.

«Er sagte gestern selbst, dass er noch nie gelobt wurde. Wir sollten ihm gemeinsam zeigen, dass auch in ihm ein toller Mensch schlummert.»

«Naja, wir müssen ja nicht gleich übertreiben», wiegelte Jule ab. Herr Seifert ließ noch immer nicht locker.

«Jule, Friedemann muss lernen, dass Menschen ihn so akzeptieren, wie er ist, ohne ihn gleich hemmungslos zu lieben.»

«Ja, aber das ist in etwa so, als würden Sie von mir verlangen, fliegen zu lernen.»

«Naja, nichts ist unmöglich. Ich habe auch niemals gedacht, dass du eine soziale Ader hast. Aber gestern Nacht hast du mich eines Besseren belehrt.

«1:0 für ihn!» Linus schaute Jule mitleidig an.

In diesem Moment vernahmen die drei die Laute eines Vogels, dem man die Kehle abschnürt. Friedemann krakeelte suchend nach den Gruppenmitgliedern. Der Seifert steckte den Kopf aus dem Zelt. Im Nu waren seine braunen, vom Haarspray gehaltenen Haare klatschnass.

«Friedemann, hier drin. Komm zu uns.» Der durchnässte Junge klatschte vor Freude in die Hände. Er wusste aber nicht, wie er mit so viel Freundlichkeit zurechtkommen sollte.

Im Zelt schaute er hilflos um sich. Jule und Linus lächelten. Das Mädchen traktierte ihn nicht mit Worten. Das kannte er nicht. Der Seifert redete und sprach Friedemann für den gestrigen Abend einen großen Dank aus.

«Ach, das war doch nichts. Mein Vater sagt immer, mit Geld lassen sich alle Probleme lösen. Wenn man was will, rückt man mit ein paar Scheinchen rüber und bekommt es.»

Ohne weiteren Kommentar kramte Herr Seifert 80€ aus seiner Geldbörse und überreichte diese Friedemann.

Eine angenehme Milde lag in der Luft und begleitete die Schüler auf den letzten 25 Kilometern. Nur noch 25 Kilometer – eine Zahl, die motivierte. Und Regen war weit und breit nicht mehr zu erkennen.

Herr Seifert spürte bereits die salzhaltigere Luft in seiner Nase. Die Luft, die klarer wirkte, als in Berlin. Jule und Linus warfen wieder Köder per Whatsapp nach Inga aus. Und der Fisch biss an. Wenn auch anders, als gedacht. Linus und Jule wollten ja Inga weiß machen, dass Friedemann in sie verliebt war, was diese zuerst nicht glaubte. Dann glaubte Jule nicht, was Inga antwortete. Die schluckte den Köder, dass tatsächlich Friedemann ihr schrieb, denn auf ihre Nachfrage, ob Friedemann ein Handy dabei hätte, antwortete Jule mit *Ja*. Das trieb Inga dazu, Friedemann ihre Verliebtheit zu gestehen.

«Krass! Hätte ich nie gedacht.»

«Du hättest ja auch nie gedacht, dass wir Freunde werden und du hättest auch nie gedacht, dass ich mehr sagen kann als *Alles gut*.»

Jule und Linus diskutierten lange darüber, ob sie Friedemann tatsächlich mit Inga verkuppeln. Jule wäre Friedemanns Anbiederungsversuche los, doch wollte sie Inga zu ihrem Glück verhelfen? Aber vielleicht macht sich Inga auch komplett lächerlich vor den anderen Schülern, wenn sie mit Friedemann geht. Und würde Friedemann überhaupt Inga wollen? Es galt, diesen Fragen auf den Grund zugehen.

Nach vier Stunden war die Gruppe ihrem Ziel weitere drei Kilometer näher. Sie ließ das Städtchen Usedom hinter sich, die den gleichen Namen wie die Halbinsel trug. Die Sonne strahlte, der seichte Wind sorgte dafür, dass man die Hitze aushielt.

Während der nächsten Rast saßen alle gemeinsam auf einer Wiese und sammelten Energie für die weitere Strecke. Jule ließ sich eine Cola schmecken, Linus trank Grapefruitlimonade. Friedemann und der Seifert Wasser.

«Ich möchte mich bei euch bedanken. Was ihr letzte Nacht geleistet habt, war großes Kino. Danke! Und du, Friedemann, weißt du, man kann sich bei Weitem nicht alles mit Geld kaufen. Aber letzte Nacht hast du alles richtig gemacht.» Friedemanns Mundwinkel klafften auseinander.

«Du hast uns letzte Nacht den Arsch gerettet!» Friedemann zuckte zusammen. Linus Worte verstand er falsch.

«Beruhige dich! Das ist nur eine Redensart», sagte der Seifert.

«Ich finde, alle haben ihren Teil zu diesen unvergesslichen Tagen beigetragen und wir alle haben eine Menge gelernt. Zum Beispiel ist Freundschaft keine Frage der Geschlechter.» Jule und Linus bekommen von ihrem Lehrer ein Lächeln geschenkt.

«Und ich habe gelernt, dass Freundschaft keine Frage des Alters ist. Wenn man sich füreinander einsetzt, Fehler verzeiht, man zusammenhält, spielt es keine Rolle, ob jemand 14 oder 40 ist!»

Die Worte vom Seifert klangen lange nach. Eine Zeit lang hätte man die Maulwürfe unter der Erde graben hören können, so still war es. Bis Jule als Erstes ihre Worte wiederfand. Sie schaute zu Friedemann.

«Weißt du, was ich dir schon immer sagen wollte?» Der Junge bekam nicht mit, dass Jule mit ihm sprach. Er beobachtete gebannt einen Grashüpfer.

«Ich wäre gerne so schlau wie du!» Friedemann faszinierte noch immer das Treiben der Grille.

«Woaw, ich habe noch nie einen Gomphocerinae aus der Nähe gesehen.»

«Hey, Meister aller Grashüpfer. Da redet jemand mit dir.» Friedemann erschrak. Er schaute seinen Lehrer fragend an. Der wiederholte Jules Worte und schob hinterher, dass man in niemanden verliebt sein muss, um jemanden zu bewundern oder nett zu finden.

«Ich würde dir so gerne viel mehr nette Sachen sagen, aber du bildest dir ja immer gleich was darauf ein.»

«So? Was würdest du mir denn sagen?»

«Du hast mir voll leidgetan, als das mit den Polizisten passierte. Und, ohne in dich verknallt zu sein, hab ich dich richtig gern, weil ich in den letzten Tagen merkte, dass du dich in vielen Sachen total gut auskennst. Und es tut mir leid, dass ich mich so mies zu dir verhalten habe. Du kannst aber auch nerven.»

Friedemann schaute gerührt auf den Boden. Der Grashüpfer sprang auf seine linke Hand, verweilte dort kurz, hüpfte dann weiter. Der Lehrer meinte, dass es wohl allen so ergehe. Alle haben sich näher kennengelernt und gegenseitig ins Herz geschlossen. Und diese Erfahrung ist viel mehr wert, als die Fauna und Flora zwischen Berlin und der Ostsee. Der Lehrer vergaß nicht, sich für den ausgefallenen Vortrag über die Peener Flusslandschaft zu entschuldigen. Jule kommentierte dies mit einem ironischen «Das werde ich ihnen niemals verzeihen.»

«Ich hätte nie gedacht, dass ich das mal zu Schülern sage, aber mir blutet jetzt schon das Herz, euch morgen wieder abzugeben. Ich werde die gemeinsame Zeit vermissen.»

«Alles gut», antwortete Linus.

«Geht mir nicht anders», klinkte sich Jule ein. «Ich werde euch alle vermissen. Wirklich alle!» Das Mädchens schaute zu Friedemann. Der schaute Jule zwar nur fragend an, bekam aber diesmal wenigstens mit, dass sie mit ihm sprach.

«Guck nicht so», raunte Jule Friedemann an. Du hast schon richtig gehört. Dich werde ich auch vermissen. Auch wenn ich dich nicht liebe.»

«Aber das funktioniert doch gar nicht.»

«Natürlich funktioniert das», antworteten die anderen im Chor. Dann ergriff der Seifert das Wort.

«Schau mal Friedemann, niemand hier ist in den anderen verliebt. Trotzdem sind Freundschaften gewachsen, wo vorher Vorurteile wie Unkraut wucherten. Und jeder wird dem anderen fehlen.»

«Wobei, in dich ist sogar jemand verliebt.» Friedemann blickte geschockt zu Linus. Der tippte sich mit dem Finger an die Stirn.

«Inga sagt dir was?»

«Inga?», fragte Friedemann.

«Inga aus unserer Klasse!»

«Ach so, die Inga! Das weiß ich ja schon. Aber ich habe mein Herz nun einmal an dich verloren, meine Liebesperle.»

Die Schüler liefen mit ihrem Lehrer weiter der Ostsee entgegen. Immer die große Hauptstraße entlang, auf der weit mehr Verkehr herrschte, als letzte Nacht. Gegen 18.00 Uhr erreichten sie eine Kreuzung. Die große Hauptstraße machte einen Knick nach links. Rechts knickte eine kleinere Straße ab.

«Wo lang?», fragte Jule. Friedemann atmete tief ein.

«Ich rieche schon das Meeressalz. Geradeaus wird der kürzeste Weg sein.»

«Geradeaus? Sicher?» Jule erkannte auf dem holprigen Weg viele Steine und sah Felder. Sie fragte Herrn Seifert nach seiner Meinung.

«Ich werde Friedemann nicht wiedersprechen», sprach dieser und stolzierte voraus. Die Schüler folgten. Doch schon nach wenigen Metern war ein Ende des Weges in Sicht. Friedemann war sein Irrtum sehr unangenehm.

«Ich hätte dir eben doch wiedersprechen sollen», lachte der Lehrer.

Zurück an der Kreuzung begegnete der Gruppe ein älteres Ehepaar. Die Frau trug weiße Haare und sehr viele Falten im Gesicht. Sie sagte kein Wort zu den Schülern. Nur der kleine Mann mit der großen Brille erzählte, dass der Weg links nach Heringsdorf führe und der rechte nach Swinemünde. Genau zwischen den beiden Orten lag Ahlbeck. Nur lag Swinemünde in Polen.

«Polen? Echt? Ich war noch nie in einem anderen Land.»

«Na, dann wird's mal Zeit, Friedemann», antwortete der Lehrer.

Alle vier stolzierten also bei strahlendem Sonnenschein Richtung Polen. Unterwegs stiegen in Friedemann erste Zweifel auf. Zweifel, ob sein Vater erlauben würde, wenn er nach Polen geht.

«Das soll ja alles viel schlimmer sein, als in Deutschland. Vor allem sollen die da klauen wie die Raben.» Jule und ihr Lehrer tauschten entsetzte Blicke aus. Nur Linus reagierte cool.

«Weißt du, im Grunde sind die Menschen doch wie das Meer. Überall gleich. Oder zumindest sehr ähnlich.» Friedemann schaute Linus überfordert an.

«Und vor allem ist es egal, ob jemand aus Polen oder aus Deutschland kommt. Es ist auch egal, ob jemand schwul ist. Nur der Charakter zählt.»

Die Gruppe kam dem Wasser näher. Der Wind nahm zu. Genauso wie die Motivation, das gemeinsame Ziel zu erreichen.

«Wisst ihr was?» Alle Augen richteten sich auf Jule.

«Ich will morgen noch nicht nach Hause. Klar vermisse ich meinen Vater, aber euch würde ich auch alle vermissen.»

Herr Seifert machte zwei Schritte auf Jule zu, nahm sie in den Arm und machte kein Geheimnis daraus, dass es ihm ähnlich erging. «Ihr seid mir total ans Herz gewachsen!»

Die Gruppe lief weiter dem Meer entgegen. Die Sonne lachte. Immer mehr Urlauber kreuzten den Weg und grüßten freundlich.

«Ich hätte nie gedacht, dass wir es schaffen. Voll krass!» Jule konnte ihre Freude kaum in Worte fassen.

«Soll ich euch etwas über die Fauna und Flora an der Ostsee erzählen?», fragte Herr Seifert scherzhaft.

«Ach, Sie sind doch bestimmt viel zu müde dafür», konterte Jule.

«Das war jetzt aber keine Anspielung auf letzte Nacht, oder?»

«Ach, das würde ich so jetzt nicht sagen!»

Am rechten Wegesrand breitete sich Wasser aus. Friedemann ging davon aus, dass dies schon die Ostsee wäre. Er musste zugeben, diese noch nie gesehen zu haben.

«Warst du noch nie im Urlaub?» Wie selbstverständlich antwortete Friedemann auf Jules Frage mit Nein. Seine Eltern fühlten sich einzig zu Hause sicher.

Wie in Biesenthal rannte Friedemann plötzlich vorneweg. Richtung Polen. Nur diesmal mit einem großen Rucksack auf dem Rücken, der bei jedem Schritt nach links und rechts wackelte. Er rannte, blieb dann vor einem Schild stehen, auf dem die europäische Flagge abgebildet war. Darauf ein Text, dem er entnahm, nun in Polen zu sein. Er vollzog einen großen Schritt und schrie: «Juhu, jestem pierwszy!»

«Friedemann spricht Polnisch?» Linus blieb stehen und staunte.

«Hast du verstanden, was er sagte?», fragte Jule.

«Nein! Klang aber polnisch!» Die beiden Schüler gingen weiter. Neben ihnen lief ihr Lehrer.

«Eigentlich ist Friedemann eine total arme Sau. Und irgendwie tut er mir total leid.»

«Das hätte ich nicht besser formulieren können, Jule. Wenn du ihm zuhörst, wie er über seinen Vater spricht, weißt du auch, wo das Problem liegt.»

Kann man da gar nichts tun?»

«Da muss man vorsichtig sein, Linus. Man kann mit Vorwürfen um sich schießen, aber das gibt nur böses Blut. Man muss versuchen, dass dieser Gerlach einem vertraut.» Jule kickte einen kleinen Kieselstein über die polnische Grenze und lenkte vom Thema ab.

«Haben Sie jetzt ihre poetische Ader entdeckt?»

«Wie kommst du darauf?»

«Naja, erst der Spruch mit den Freundschaften und dem Unkraut und jetzt mit dem Vorwürfe um sich ballern und dem bösen Blut.»

«Ach so! So rede ich manchmal, wenn ich melancholisch drauf bin.» Das Mädchen wusste, worauf Herr Seifert anspielte.

Am frühen Abend schlängelten sich alle vier durch die engen Straßen von Swinemünde. Friedemann staunte über die Häuser, die Straßen, über die Reklameschilder, die es auch in deutscher Sprache gab. Über die Autos. Er konnte nicht glauben, dass es in Polen genauso aussah, wie in Deutschland.

Die letzten Kilometer zogen sich hin wie ein langweiliges, torloses Fußballspiel. Linus schmerzte jeder Schritt in den Beinen. Jule spürte unter ihren Füßen die von der Sonne aufgewärmten Pflastersteine. Friedemann schleppte sich mehr, als er lief, nur der Lehrer ließ sich davon antreiben, das Ziel vor Augen zu haben.

Herr Seifert blieb vor den Dünen stehen. Die Schüler liefen an ihrem Lehrer vorbei und erklommen zuerst den kleinen Sandberg. Der Seifert wollte nicht der Erste sein, der das Meer erblickte. Es gönnte es den Schülern. Anerkennend für ihr Durchhaltevermögen und ihre Leistung in den letzten Tagen.
Friedemann versank mit seinen Füßen im Sand.
«Geh doch so», sprach Jule und vollzog storchenähnliche Bewegungen mit ihren Beinen, indem sie diese bei jedem Schritt höher als nötig in die Luft hob. Friedemann tat es ihr nach. Er haute seine Kniescheiben fast an sein Kinn. Dabei fuchtelte er mit seinen Armen und wirkte wie ein Rapper, der vieles kann. Außer rappen. Dann stand er auf dem höchsten Punkt der Düne. Hinter ihm nahm Linus Jule in den Arm und flüsterte: «Ich hab dich lieb!» Dahinter erschien ihr Lehrer.
Linus flüsterte weiter: «Wir haben es geschafft!» Gemeinsam schauten alle auf das von der untergehenden Sonne in ein dezentes Rot getauchte Wasser. Friedemann bekam seinen Mund nicht mehr zu.
«Ihr habt Unglaubliches geleistet. Ihr könnt stolz auf euch sein.»

«Mein Vater sagt immer, dass Schüler nur gute Leistungen bringen können, wenn sie einen guten Lehrer haben», erwiderte Jule.

«Aber wenn die Schüler nicht bereit sind, über ihre Grenzen zu gehen und sich von Rückschlägen aufhalten lassen, kann der beste Lehrer der Welt nichts ausrichten. Jule schaute gebannt zu ihrem Lehrer. «Am Montag war ich noch nicht bereit, meine eigenen Grenzen zu durchbrechen. Und Rückschläge waren für mich ein Grund, aufzugeben.»

«Da will wohl jemand Streit.» Herr Seifert zog lachend seine Fäuste hoch und tat, als wäre er ein Boxer. Es ertönte ein unüberhörbares *pfffft*, gefolgt von einem leisen «Sorry».

«Echt Linus! Du Furzmaschine!» Doch der Junge lenkte die Aufmerksamkeit weiter zu Friedemann. Der stand unten am Strand. Jule kam die Idee, gemeinsam ins Wasser zu springen. Herr Seifert aber verneinte. Schließlich musste noch eine Schlafmöglichkeit für die letzte Nacht gefunden werden und die Zeit drängte.

So dackelten alle am Strand zurück nach Deutschland. Am Horizont erkannten sie die berühmte Seebrücke von Ahlbeck. Auf der reckte sich ein großes Haus in die Höhe. Mit Einbruch der Dunkelheit erreichte die Gruppe die Seebrücke.

«Wir müssen uns beeilen. Sonst haben wir ein Problem», drängelte der Lehrer.

«Und wenn wir am Strand übernachten?»

Jules Idee ließ Friedemann strahlen. Doch dann verfinsterte sich seine Miene. «Das ist verboten», sprach der

Seifert energisch. «Es ist ja auch verboten, im Wald zu zelten», spielte das Mädchen auf die erste Übernachtung an.

«1:1, Herr Seifert», hielt Linus fest.

«Okay! Ihr habt gewonnen. Aber lasst uns euer Vorhaben an einem Ort umsetzen, wo weniger Menschen sind.»

Die Jugendlichen schauten ihren Lehrer fragend an.

«Zwei Orte weiter. Nur noch ein Stück laufen.» Linus pustete. Der Gedanke, jetzt doch noch weiter zu gehen, wog schwer. Egal, wie weit. Auch Jules Bereitschaft lag am Boden und verweigerte, wiederaufzustehen. Jules Kraft war verbraucht. Demonstrativ setzte sich das Mädchen in den Sand.

«Also, wir stehen hier an einer der berühmtesten Seebrücken Europas. Hier können wir unmöglich schlafen. Wir müssen uns einen kleineren Ort suchen. Hier liegen wir keine Stunde in unseren Schlafsäcken. Und auf die Polizei habe ich in den nächsten drei Leben keine Lust mehr.»

Friedemann, der, seit er das erste Mal das Meer erblickte, wie verzaubert wirkte und keinen Ton mehr von sich gab, griff beim Wort Polizei seinen Rucksack und lief in die Richtung, aus der die Gruppe kam. Sein Gepäck zog er durch den Sand.

«Friedemann, da müssen wir lang.» Herr Seifert zeigte mit beiden Armen verkehrspolizistenmäßig nach links. Ohne ein weiteres Wort kehrte der Junge um und lief in die entgegengesetzte Richtung.

Der Lehrer und die anderen beiden Schüler vernahmen, als Friedemann an ihnen vorbeiging, ein gemurmeltes «Lieber laufe ich bis nach Südamerika, bevor ich wieder einem Polizisten begegnen muss.»

«Los kommt! Dafür pennen wir gleich unter einer Seebrücke und werden auch nicht geweckt. Und morgen früh springen wir zum Abschluss in die Ostsee.»

Jule hatte keine Lust und keine Kraft mehr zum Laufen. Aber auch nicht zum Diskutieren. Sie griff nach Linus Hand. Der half ihr beim Aufstehen. Gemeinsam folgten sie Friedemann und ihrem Lehrer.

Um Mitternacht schliefen Herr Seifert, Linus, Friedemann und Jule, in ihre Schlafsäcke gemurmelt, unter der Seebrücke in Bansin ein. In dieser Nacht sanken die Temperaturen wie Regentropfen vom Himmel. Es wurde deutlich kühler.

Herr Seifert öffnete am Morgen als Erster die Augen. Doch sah er links und rechts keine Menschen. Stattdessen Regen und grauen Himmel! Für den Lehrer das ideale Abschiedswetter. Aus seinem Rucksack kramte er einen weißen Regenponcho, streifte diesen über und machte sich auf den Weg, zum letzten Mal Frühstück für die Gruppe zu besorgen.

Nach nur wenigen hundert Metern erreichte er ein kleines Einkaufscenter. Die wenigen Menschen in diesem

Center warfen dem Lehrer merkwürdige Blicke zu. Seine braunen Haare waren zerzaust und sein Gesicht unrasiert. An seinem Körpergeruch konnte man feststellen, dass er gestern Abend und heute Morgen keine Möglichkeit zum Waschen hatte. Und überhaupt las man ihm die Anstrengungen der letzten Woche in seinem Gesicht ab.

Eine halbe Stunde später kehrte Herr Seifert zurück. Jule saß traurig im Sand und umklammerte ihren Rucksack. Linus starrte Richtung Horizont. Friedemann steckte noch im Schlafsack. Der Lehrer spürte eine Traurigkeit unter den Schülern, die er so in dieser Woche noch nicht erlebte. Er wusste, dass dies am heutigen Abschied lag. Zumindest bei Jule und Linus lag er damit richtig.

«Ich möchte nicht aufstehen. Es war die schönste Nacht meines Lebens. Einmal neben dir aufwachen. Mein Leben kann hier enden. Es kann nicht mehr schöner werden.»

«Du bist so ein Quatschkopf», erwiderte Jule.

«Los kommt», unterbrach der Lehrer. «Lasst uns erstmal frühstücken.» Herr Seifert tischte drei verschiedene Brötchensorten auf einem großen Strandhandtuch aus. Dazu Käse, Wurst, Marmelade und Gurke.

«Wir haben noch eine lustige Rückfahrt vor uns. Wenn wir nicht wieder in die falsche Richtung fahren.»

«Bieten sie das Projekt nächstes Jahr wieder an?», fragte Linus.

«Nein! Schöner als dieses Mal, schöner als mit euch kann es nie werden.» Es folgte ein stiller Moment, bis Herr Seifert weitersprach.

«Aber wir vier müssen es nächstes Jahr wiederholen. Nur dann als Freunde, nicht als schulische Veranstaltung.»

Die Worte des Lehrers sorgten bei den Jugendlichen für Begeisterung.

Die Frühstücksreste und die Hoffnung auf besseres Wetter vergruben die Projektteilnehmer im Sand. Wo man auch hinschaute, der Himmel war überall in ein hässliches kaltes Grau gefärbt und warf lausekalten Nieselregen herab.

«Wir wollten heute baden gehen!», stellte Jule fest.

«Können wir sogar, ohne ins Meer zu gehen», lachte der Lehrer.

Linus lag auf seinem Schlafsack. Diesmal hörte es niemand, was ihm entfloh, dafür roch es umso strenger.

«Wenn wir nicht bereits gefrühstückt hätten, bekäme ich jetzt Appetit auf Harzer Käse», sagte der Seifert.

«Ich muss eh aufs Klo. Da riecht es auch nicht schlechter.» Linus wollte seine Freundin begleiten. Die gestattete das nur unter der Bedingung, nicht wieder einen fahren zu lassen. Friedemann und Herr Seifert schlossen sich ebenfalls an. Da dann niemand mehr bei den Rucksäcken geblieben wäre, wurden die Schlafsäcke und die Isomatten zusammengerollt, die restlichen Klamotten verstaut und mitgeschleppt.

Nahe der Seebrücke fanden die Schüler und ihr Lehrer ein mit Werbeplakaten zugepflastertes, rundes Gebäude. Friedemann erkannte zuerst, dass darin Toiletten und eine Möglichkeit zum Waschen zu finden waren.

Nach einer halben Stunde schlichen alle Gruppenteilnehmer hinunter zum Wasser. Das Gepäck wurde im Toilettenhäuschen stehengelassen.

Niemandem war nach hineinspringen zu Mute. Schließlich kam das Wasser auch von oben. Linus wollte wenigstens mit den Füßen hinein. Er ging in die Hocke und zog seine Schuhe aus.

«Ich hoffe nicht, dass deine Füße genauso stinken wie deine Fürze.» Prompt klatschte aus Rache für den Spruch eine Ladung Ostseewasser gegen Jules Hose. Minuten später steckten sie und Linus in Klamotten, die so nass waren, man konnte den Eindruck gewinnen, dass beide angezogen in der Ostsee badeten.

Jule zog ihre Schuhe aus. Die Jeans klebte durch die Nässe eng an ihren Beinen, was das Ausziehen schwierig gestaltete.

«Oh, braucht die alte Dame Hilfe beim Ausziehen?» Jule sah keine Möglichkeit, auf Linus Spruch zu reagieren. Friedemann tauchte vor ihr auf. Er bot seine Hilfe beim Entkleiden an.

«Nein, nein! Geht schon. Trotzdem Danke für das Angebot.» Jule gab sich große Mühe, freundlich zu bleiben. Friedemann griff nach ihrem linken Hosenbein, doch das Mädchen zog es zurück.

«Lass ruhig. Ich schaff das wirklich alleine.» Hilflos schaute Jule zu Herrn Seifert.

«Friedemann, wenn deine Hilfe nicht benötigt wird, lass es.» Mit gesenktem Kopf tröppelte der Junge zurück zu seinem Lehrer, während Jule ihre Hose wechselte.

Es regnete noch immer aus Eimern. Nicht in die Ostsee zu steigen, fiel den Schülern schwer. Das Wasser, das von oben kam, ließ ihnen aber keine Wahl. Jule und Linus wussten ja bereits, dass das Ostseewasser zum Baden zu kalt war.

Akzeptieren tat Jule dies aber nicht. Mit hochgekrempelten Beinen näherte sie sich langsam dem Wasser. Der Respekt vor der kalten Ostsee ließ sie bei jeder Welle zurückspringen. Herr Seifert tauchte neben ihr auf. Er griff nach ihrer Hand. Linus kam ebenfalls hinzu und hielt die andere Hand des Seifert.

«Lust auf Baden?»

«Nee, oder?»

«Moment noch! Friedemann, hier sind noch Hände frei.»

Geschmeichelt stand der Junge auf und rannte, juchzend wie ein Baby, zum Rest der Gruppe. Jules und Linus Hand stand jeweils zur Wahl.

«Egal, ob du ein Homosexueller bist. Auf jeden Fall bist du nett.»

Hand in Hand rannte die Gruppe johlend den Wellen entgegen.

Der Autor:

Torsten Siekierka erblickte 1984 in Potsdam das Licht der Welt. Viel sah er von der noch nicht, kam nur bis zum Nachbarort namens Berlin, wo er heute lebt. Er hat zwei Töchter und ist verheiratet.

Irgendwann begann er das Bücherschreiben, weil er immer die Hoffnung hatte, die Welt zu ändern. Klappte nicht! Doch sie wurde ein wenig schöner, weil abwechslungsreicher …

Mehr über Torsten Siekierka auf Facebook, Instagram und unter torstensiekierka.blogspot.de